和全球做生意
商務 職場
必備詞彙＋實用句

Essential English for the Workplace

和全球做生意
商務 職場
必備詞彙+實用句
Essential English for the Workplace

發 行 人	鄭俊琪
總 編 輯	陳豫弘
副總編輯	璩雅琪
中文編輯	林怡君‧曾晴‧陳世弘‧謝東翰‧黃靖雯‧莊琬茹‧張珮絹
英文編輯	Paul Duffy
英文錄音	Mike Tennant‧Ashley Smith‧Niall Longobardi‧Amy Wlasichuk
封面設計	王雪玲
美術編輯	王雪玲‧賴雅莉
點讀製作	李明爵
出版發行	希伯崙股份有限公司
	105 台北市松山區八德路三段 32 號 12 樓
	電話：(02) 2578-7838
	傳真：(02) 2578-5800
	電子郵件：service@liveabc.com
法律顧問	朋博法律事務所
印　　刷	禹利電子分色有限公司
出版日期	2021 年 1 月 初版一刷

和全球做生意
商務 ‧ 職場
必備詞彙+實用句

Essential English for the Workplace

Live ABC

英 語 數 位 學 習 第 一 品 牌

目錄 Contents

編輯室報告
From the Editors

在競爭激烈的職場上，說一口流利的英語，才能為自己爭取升職加薪；能正確地向外國客戶介紹產品、從容應對，才有可能談成生意。別再說上班已經夠忙了，沒有時間學英文，因為只要用對方法，學英文也可以很「速效」！本書就要教您如何利用零碎時間精通各種職場及商務情境的關鍵用語，花最少的力氣累積英語實力，邁向國際化。

以下是本書的 **4** 大省時妙招，絕不浪費您半點時間！

重點式學習

本書分為 8 大主題，並篩選出各主題之下最實用的商務職場情境，涵蓋共 50 個單元。儘管各行各業的情況不同，這些情境卻都是商務人士必定會面臨到的。要學就學一定會派上用場的，這就是速效學習的秘訣。

- ◆ 新工作上路
- ◆ 辦公室英語
- ◆ 開會與簡報
- ◆ 行銷與企劃
- ◆ 客戶往來
- ◆ 出差與商展
- ◆ 談判議價
- ◆ 企業發展

透過照片將職場情境視覺化，看圖就能迅速掌握本節情境。

情境照片均搭配簡短實用句。整句記憶便能在遇到類似情況時靈活運用。

視覺化導入

每個小節的開頭都以生動的人物照片搭配實用句。視覺化的呈現方式有助讀者迅速代入語境。在最短的時間內進入狀況，就能更有效率地學習後面的相關詞彙與實用句。

關聯式延伸

實用句中的重點單字、片語均附例句。除此之外，也詳列其他重要相關用法。本書所列的關聯式延伸內容包含：同義、反義、衍生、片語、相關、說明、比較 與 搭配 等。關聯用法一起學，就算是抽空學習也能面面俱到。

---

3 wholesale [`hol,sel] *adj.* **批發的**

• My mother buys groceries from that wholesale store.
我媽媽都從那家量販店採購食品雜貨。

說明 wholesale 也可以當名詞用，指「批發；躉售」。
• The average markup from **wholesale** for electronic goods is seventeen percent.
電子產品的批發價平均漲了百分之十七。

反義 retail *adj./n.* 零售的；零售

衍生 wholesaler *n.* 批發商

搭配 wholesale +
{
price　批發價
store　量販店
}

> 透過例句正確理解重點單字的用法，再舉一反三學習同反義字或相關衍生字、搭配詞等等。

- deduction *n.* 扣除（薪水）
- performance evaluation *n.* 績效考核
- unpaid leave *n.* 不支薪休假
- attendance *n.* 出勤
- leave-taking form / leave request form *n.* 假單
- **Take Time Off** 請假
- paid leave *n.* 有薪休假
- absenteeism [,æbsŋ`tiɪzm] *n.* 曠職
- substitute *n.* 職務代理人

> 根據重點單字補充相關說明，並不時搭配單字聯想圖幫助理解。

比較

commercial	電視、廣播中的商業廣告 We're looking for an actress for a food commercial. 我們正在找一位拍攝食品廣告的女演員。
advertisement	大多指印刷品如報紙、雜誌上的廣告、海報、文宣等平面廣告以及網路廣告，但亦可泛指各種廣告方式，如 commercial 也可稱作 TV/radio advertisement。 My job was to distribute advertisements to people on the street. 我的工作是分送廣告傳單給街上的人。

> 容易混淆的類似單字、片語或用法等，均以清晰易懂的表格呈現，有效釐清觀念，從此不再害怕用錯字。

專業性補強

除了幫讀者加強英文之外，本書更特闢職場達人小教室，力求提升讀者的專業商務知識。舉凡商務人士一定要懂的專業術語或概念、簡報技巧、融入職場的小撇步，或是與上司、客戶的應對往來，本書都有獨門要領傳授給您，讓您同時具備英語能力與專業內涵。

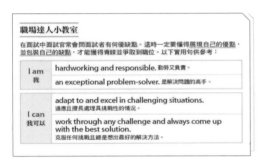

職場達人小教室

在面試中面試官常會問面試者有何優缺點。這時一定要懂得展現自己的優點，並包裝自己的缺點，才能獲得青睞並爭取到職位。以下實用句供參考：

I am 我	hardworking and responsible. 勤勞又負責。
	an exceptional problem-solver. 是解決問題的高手。
I can 我可以	adapt to and excel in challenging situations. 適應且擅長處理具挑戰性的情況。
	work through any challenge and always come up with the best solution. 克服任何挑戰且總是想出最好的解決方法。

職場達人小教室

主管們若能不吝給予稱讚與鼓勵，便可有效提升團隊的士氣，使同仁更有動力努力工作。一起來看看更多好用的鼓勵話術吧！

* Well done!、Good on you! 做得好呀！
* I'm impressed! 真令人刮目相看！
* I'm very pleased with your work! 我對你的表現非常滿意！
* You did a great job! 你的表現棒極了！

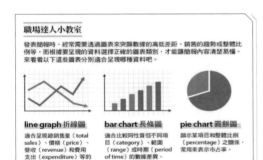

職場達人小教室

發表簡報時，經常需要透過圖表來突顯數據的高低差距、銷售的趨勢或整體比例等，而根據要呈現的資料選擇正確的圖表類別，才能讓簡報內容清楚易懂。來看看以下這些圖表分別適合呈現哪種資料吧！

line graph 折線圖 適合呈現總銷售量（total sales）、價格（price）、營收（revenue）和費用支出（expenditure）等的趨勢或走向。

bar chart 長條圖 適合比較同性質但不同項目（category）、範圍（range）或時期（period of time）的數據差異。

pie chart 圓餅圖 顯示某項目和整體比例（percentage）之關係，常用來表示市占率。

職場達人小教室

隨著電子商務崛起，你一定聽過 B2B、B2C、C2C 這些英文簡稱，而 O2O 又代表什麼呢？以下就帶你一次看懂。

B2B business to business
「商家對商家進行交易」，是企業與企業交易的商業模式。例如中國的阿里巴巴就是知名的 B2B 平台，讓企業有機會在上面接觸到潛在的客戶或買家。

B2C business to consumer
「商家對個人進行交易」，也就是直接面向消費者銷售產品和服務的商業零售模式。像台灣的 Yahoo! 奇摩購物中心、PChome 線上購物、博客來網路書店或 momo 購物網等都是屬於 B2C 網站。

維持原狀並無法讓您脫穎而出。本書每個小節都只有幾頁的篇幅，每天抽一點時間，相信就能有效提升您的競爭力，成為老闆加薪或提拔升遷時的優先人選！

LiveABC 編輯部 謹識

點讀筆功能介紹+MP3 / 點讀音檔下載

認識點讀筆

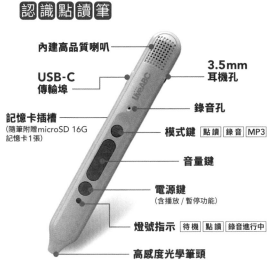

內建高品質喇叭

USB-C
傳輸埠

記憶卡插槽
（隨筆附贈microSD 16G
記憶卡1張）

3.5mm
耳機孔

錄音孔

模式鍵　點讀　錄音　MP3

音量鍵

電源鍵
（含播放 / 暫停功能）

燈號指示　待機　點讀　錄音進行中

高感度光學筆頭

| 三大特色 | 16GB 記憶卡 | USB Type-C | 可充電鋰電池 |

四大功能

◆ 點讀發音　　　　◆ 錄音發音

◆ MP3 播放　　　　◆ 英漢字典

高科技光學點讀筆頭

內建高品質喇叭

支援USB檔案傳輸

4 in one 點讀/錄音 MP3/字典 四機一體

尺寸	151 x 20 x19 mm
重量	36±2g (內含鋰電池)
記憶體	含 16GB microSD 記憶卡
電源	鋰電池 (500mAH)
配件	USB 傳輸線 (Type-C Cable)、使用說明書、錄音卡 / 音樂卡 / 字典卡、microSD 記憶卡 (已安裝)

MP3音檔下載及安裝步驟

Step1

在 LiveABC 首頁上方的「叢書館」點擊進入。點選「上班族英語」。找到您要下載的書籍後，點擊進入內容介紹網頁。

Step2

點選內容介紹裡的「MP3 音檔下載」，進行下載該書的 MP3 壓縮檔。將下載好的壓縮檔解壓縮後，會得到一個資料夾，裡面即有本書的 MP3 音檔。

Step3

將下載好的 MP3 音檔存放於電腦或手機裡，即可直接播放本書內容，加強您的聽力學習。

點讀筆音檔下載及安裝步驟

Step1

在 LiveABC 首頁上方的「叢書館」點擊進入。點選「上班族英語」。找到您要下載的書籍後，點擊進入內容介紹網頁。

Step2

點選內容介紹裡的「點讀筆音檔下載」，找到您需要的點讀音檔後點下，進行下載點讀筆壓縮檔。將下載好的壓縮檔解壓縮後，即能得到本書的點讀筆音檔。

Step3

用 USB 傳輸線連結電腦和點讀筆，會出現「點讀筆」資料夾，點擊兩下進入「BOOK」資料夾。

Step4

將解壓縮後所得到的點讀筆音檔按右鍵複製，然後在上一步驟的「BOOK」資料夾裡按右鍵貼上，即可完成點讀筆音檔的安裝。

開始使用點讀筆

適用 LiveABC 點讀筆

Step1

1. 將 LiveABC 光學筆頭指向本書封面圖示。

2. 聽到「Here We Go!」語音後即完成連結。

點 🖊 Track 01 圖示，即播放整篇實用對話與教學內容的發音。

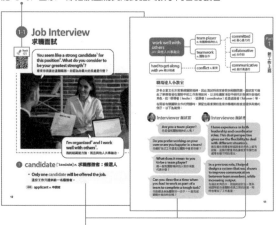

個別點選單字片語、例句與補充字詞、實用句等，均可單獨聆聽該發音。

搭配功能卡片使用

錄音功能 請搭配錄音卡使用

模式切換：點選 `RECORD & PLAY 錄音卡`，聽到「Recording Mode」表示已切換至錄音模式。

開始錄音：點選（●），聽到「Start Recording」開始錄音。

停止錄音：點選（●●），聽到「Stop Recording」停止錄音。

播放錄音：點選（▶），播放最近一次之錄音。

刪除錄音：刪除最近一次錄音內容，請點選 🗑。(錄音檔存於資料夾「\recording\meeting\」)

MP3 功能 請搭配音樂卡使用

模式切換：點選 `MUSIC PLAYER 音樂卡`，並聽到「MP3 Mode」表示已切換至 MP3 模式。

開始播放：點選（▶），開始播放 MP3 音檔。

新增 / 刪除：請至點讀筆資料夾位置「\music\」新增、刪除 MP3 音檔。

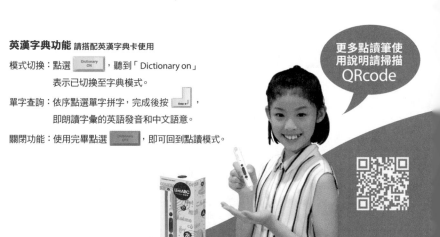

英漢字典功能 請搭配英漢字典卡使用

模式切換：點選 `Dictionary On`，聽到「Dictionary on」表示已切換至字典模式。

單字查詢：依序點選單字拼字，完成後按 `Enter ↵`，即朗讀字彙的英語發音和中文語意。

關閉功能：使用完畢點選 `Dictionary Off`，即可回到點讀模式。

更多點讀筆使用說明請掃描 QRcode

Part 1

The New Job
新工作上路

1-1 Job Interview
求職面試

Track 01

> You seem like a strong candidate[1] for this position[2]. What do you consider to be your greatest strength[3]?
>
> 看來你很適合這個職務。你認為你最大的長處是什麼？

RESUME

> I'm organized[4] and I work well with others[5].
>
> 我的組織能力強，而且與他人共事融洽。

① candidate [ˋkændədət] n. 求職應徵者；候選人

- Only one candidate will be offered the job.
  這份工作只提供給一名應徵者。

(相關) applicant n. 申請者

② position [pəˋzɪʃən] *n.* 職位；職務

- **You will definitely be considered for this** position **because you have lots of related experience.**

  這份職務你肯定會被列入考慮，因為你有很多的相關經驗。

搭配	part-time full-time management	} + position	兼職職務 全職職務 管理職務

搭配	apply for take up	} + a position	求職 擔任一項職務

③ strength [strɛŋθ] *n.* 優點；長處

- **The ability to work well under pressure is one of my greatest** strengths.

  在壓力之下能有良好的工作表現是我最大的優點之一。

(同義) **strong point、advantage** *n.* 長處；優勢
(反義) **weakness、weak point、shortcoming** *n.* 缺點；短處
(衍生) **strengthen** *v.* 強化；鞏固

職場達人小教室

在面試中面試官常會問面試者有何優缺點。這時一定要懂得展現自己的優點，並包裝自己的缺點，才能獲得青睞並爭取到職位。以下實用句供參考：

I am 我	hardworking and responsible. 勤勞又負責。
	an exceptional problem-solver. 是解決問題的高手。

I can 我可以	adapt to and excel in challenging situations. 適應且擅長處理具挑戰性的情況。
	work through any challenge and always come up with the best solution. 克服任何挑戰且總是想出最好的解決方法。

面試官詢問缺點是想了解面試者是否有能力發現自己的問題所在並解決問題，同時了解公司需要承擔的風險為何。建議面對這樣的問題時，可以著重於如何改善自己的缺點，以展現自我認知與改進的能力。以下為範例：

| My greatest weakness is that
我最大的缺點是 | occasionally I can have difficulty completing a project because I want to get it just right.
有時我會難以將一個專案作結，因為我就是想要把它做好。 |
| | I'm too eager to please, meaning I sometimes take on more than I can handle.
我太想得到他人的認同，這意味著我有時會接受超出我所能負擔的工作。 |

| To help myself improve in this area,
要幫助我自己在這方面有所改善， | I set deadlines for revisions so I won't keep making last-minute changes.
我會制定修改的截止期限，這樣我就不會在最後一刻還一直修改。 |
| | I assess my workload through the use of a project management app. This lets me know if and when I'm able to take on more work.
我會使用專案管理應用程式來評估工作量。這讓我知道我能否或何時能夠承擔更多工作。 |

4 organized [ˈɔrgə͵naɪzd] *adj.* 有條理的；有組織的

- **Jodi is a very efficient and organized worker.**
  裘蒂是個效率很高且井井有條的員工。

(反義) **disorganized** *adj.* 缺乏條理的（字首 dis- 表「否定、相反」之意）
(衍生) **well-organized** *adj.* 井井有條的
(衍生) **organize** *v.* 組織；安排
(衍生) **organization** *n.* 組織；機構團體

5 work well with others *phr.* 與他人共事融洽

- **Max demonstrated an ability to work well with others.**
  麥克斯證明了能與他人共事融洽。

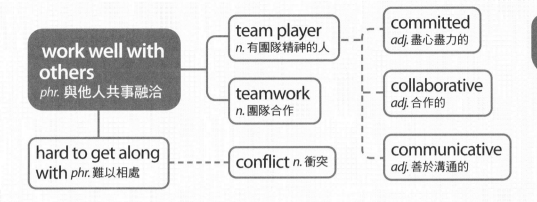

work well with others
phr. 與他人共事融洽

team player
n. 有團隊精神的人

teamwork
n. 團隊合作

committed
adj. 盡心盡力的

collaborative
adj. 合作的

communicative
adj. 善於溝通的

hard to get along with phr. 難以相處

conflict n. 衝突

職場達人小教室

許多企業文化非常重視團隊精神，因此面試時很常會問到相關問題。面試官可藉此了解應徵者在團隊中的工作表現如何，以及在團隊項目中傾向於扮演什麼樣的角色，如：領導者（leader）、協調者（coordinator）或是追隨者（follower）等。

在回答有關團隊合作的問題時，要記住最重要的是保持積極的態度並提供具體的例子。以下為範例：

 Interviewer 面試官

 Interviewee 面試者

Are you a team player?
你是個有團隊精神的人嗎？

Do you prefer working on your own or are you happier in a team?
你偏好自己工作還是在團隊中會更快樂？

What does it mean to you to be a team player?
做一個有團隊精神的人對你來說代表什麼？

Can you describe a time when you had to work as part of a team to complete a tough task?
你能描述身為團隊的一份子，一起完成艱難任務的時刻嗎？

I have experience in both leadership and coordinator roles. This dual perspective gives me the flexibility to deal with different situations.
我在擔任領導者和協調者的角色上都有經驗。這樣的雙重角色讓我更有彈性地處理各種不同的情況。

In a previous role, I helped design a system that was shown to improve communication between team members, while increasing output.
在過去的角色中，我協助設計出一套系統證明能改善團隊成員之間的溝通，同時也增加了工作產量。

1-2 First Day at Work
第一天上班

Track
02

Welcome aboard[1]! Let me show you around[2] the office.

歡迎加入。我帶你認識一下辦公室環境。

I'm looking forward to[3] working alongside[4] you.

我很期待和你們並肩合作。

① welcome aboard *phr.* 歡迎加入

- The manager said, "Welcome aboard!" to the new employees.

   那位經理對新員工說：「歡迎加入！」。

	上……；在（船、車、飛機）上
aboard	When everyone had climbed **aboard**, the doors of the train closed. 當所有人都上車時，火車的門就關起來了。
abroad	**在國外** Chloe went **abroad** on business. 克洛依去國外出差。

職場達人小教室

有新人加入可用下面這些話表達歡迎之意，讓他更有歸屬感。

We're delighted you've joined us. / We're glad you joined us.
我們很高興你能加入我們。

It's great to have you with us. / Glad to have you with us.
我們很高興有你的加入。

Good to have you aboard.
有你加入真好。

Welcome to our little family.
歡迎加入我們這個小家庭。

② show (sb.) around *phr.* 帶（某人）四處看看

- **We'll show you around our offices.**
  我們會帶你在我們的辦公室到處看看。

說明 show you around 意同於 give you a tour，是比較口語的說法，give you a tour of the office 在語氣上則較為正式。

- We'll **give you a tour** of our offices.
  我們會帶您參觀我們的辦公室。（較正式）

❸ look forward to *phr.* 期待

- **Fran is really** looking forward to **meeting you.**
  法蘭真的很期待認識你。

比較

look forward to	**引頸期盼** Holly is looking forward to her vacation. 荷莉正在期待假期的到來。（含有期待的意味）
expect	**預期（某件事）會發生** Financial experts expect that the economy will grow by 2.6 percent in the third quarter. 金融專家預計經濟將在第三季成長二點六個百分點。 （單純陳述事實）

❹ work alongside *phr.* 與……一起做事

- **The two factory workers** work alongside **each other all day long.**
  那兩位工廠工人一整天都並肩工作。

職場達人小教室

alongside 在此為介系詞，表「與……一起」。要在職場上表達「合作」，亦常用 team up 或 work in tandem 這兩個片語。tandem [`tændəm`] 原指「前後縱列的兩匹馬所拉動的馬車」，因此 in tandem 有「齊力合作」的意思。

- Our company has **teamed up** with the government to work on the problem.
  我們公司跟政府合作一起來解決這個問題。

- Sales and marketing **work in tandem**, using their combined efforts to better sell a product.
  業務部與行銷部攜手合作，共同努力提高產品銷量。

team up

1-3 Introducing Oneself
自我介紹

Track 03

> **It's my first day today. I'm the new sales representative[1].**
> 今天是我第一天上班。我是新的業務代表。

> **If you have any questions, feel free[2] to ask. I'll be happy to show you the ropes[3].**
> 如果你有任何問題，就儘管提問。
> 我很樂意傳授你工作上的訣竅。

❶ sales representative [selz] [ˌrɛprɪˈzɛntətɪv] *n.*
業務代表（簡稱 sales rep.）

- **Tom has been a sales representative with the company for several years.**
  湯姆在這間公司當業務代表已經好幾年了。

職場達人小教室

隨著職場的文化環境不同，某些職位其實有不同的稱呼方式。舉例來說，要指企業中最高階的管理者與負責人，科技業一般較偏好用執行長（CEO）這個職稱，而傳統產業則較常用 president，常譯為總裁或總經理。以下為一些常見職稱的中英對照：

- president 總裁；總經理
- general manager 總經理
- CEO (= Chief Executive Officer) 執行長
- CFO (= Chief Financial Officer) 財務長
- COO (= Chief Operating Officer) 營運長
- manager 經理
- director 總監；處長；主任
- adviser/consultant 顧問
- secretary 秘書

- assistant 助理
- engineer 工程師
- operator 作業員
- technician 技術人員；技師
- specialist 專員
- clerk 事務員
- receptionist 接待員

來看看一般企業的基本組織架構吧！

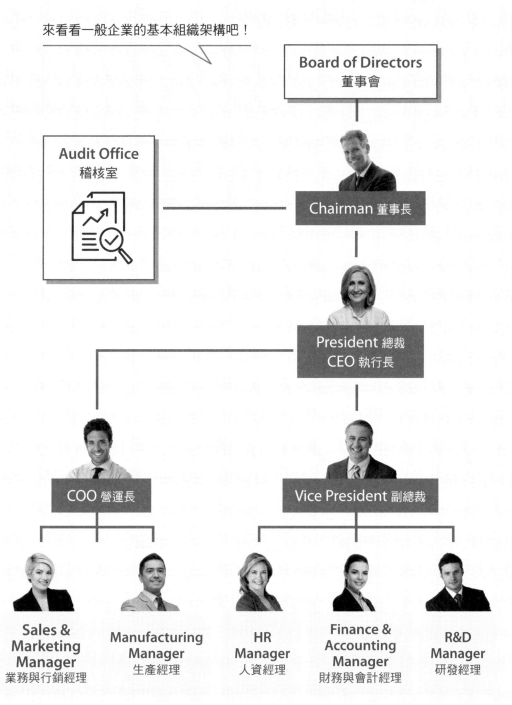

Board of Directors
董事會

Audit Office
稽核室

Chairman 董事長

President 總裁
CEO 執行長

COO 營運長

Vice President 副總裁

Sales & Marketing Manager
業務與行銷經理

Manufacturing Manager
生產經理

HR Manager
人資經理

Finance & Accounting Manager
財務與會計經理

R&D Manager
研發經理

2 feel free *phr.* **別拘束**

- **Feel free to look around the store.**
  歡迎隨意參觀本店。

（說明）free 在此表示「隨意的；自由的」，feel free 是口語用法，用來表示准許，請對方「不用拘謹、不用客氣」的意思。類似的說法有 be my guest、go (right) ahead。

- **Lunch is my treat. Go ahead and order whatever you want.**
  午餐我請客。去點任何你想吃的東西吧。

（相關）not hesitate to V. 則表「做某事不用遲疑、顧慮」。

- **Please don't hesitate to ask me any questions you have.**
  你有任何問題要問我的話，請不要遲疑。

---

3 show (sb.) the ropes *phr.*
傳授（某人）技巧或規則

- **Thelma has worked here for years. She'll** show you the ropes.
  塞兒瑪已在這裡工作了好幾年。她會告訴你怎麼做。

（說明）ropes 在此指「技巧；規則」，如果要形容「（某人）熟悉竅門、很內行」，則可這樣說：

(sb.) + know/learn the ropes

- **It took me a few months to learn the ropes at my new job.**
  我花了幾個月才學會新工作的訣竅。

1-4 Introducing New Team Members
介紹新成員

Track
04

> I want to introduce[1] you to our newcomer[2], Jenny Cage.
>
> 我想向你介紹我們的新人，珍妮・凱吉。

> Are you going to fill Cathy White's shoes[3]? I'm sure you'll fit in[4] just fine here.
>
> 妳是接替凱西・懷特的職位嗎？我相信妳在這裡會適應得很好的。

1 introduce [ˌɪntrəˈdjus] v. 介紹

- **May I introduce to you our new regional manager, Mr. Brian Miller.**
  容我向各位介紹我們的新任區域經理，布萊恩・米勒先生。

（說明） 當 introduce (sb.) 後接 to sth. 時，意思是「將某事物介紹給某人；讓某人初次體驗某事物」。

- **Annie introduced me to ice-skating last winter.**
  去年冬天安妮讓我初次體驗到溜冰。

另外，introduce 若以物作受詞，則可指「推出；引進」，如：

- **Our company plans to introduce several new devices at the trade show.**
  我們公司計畫要在商展上推出幾項新設備。

（衍生） **introduction** n. 介紹；引入
（片語） **introduce (oneself)** 自我介紹

職場達人小教室

要介紹公司新人時，除了說 I want to introduce you to (sb.) 或 I'd like to introduce you to (sb.)，還可運用以下句型當作開場白：

> Let me introduce you to (sb.).
> 讓我把你介紹給（某人）認識。
>
> I want you to meet (sb.). 我想讓你認識（某人）。
>
> Have you met (sb.)? 你見過（某人）了嗎？

2 newcomer [ˈnjuˌkʌmɚ] n. 新出現的事物；（剛到某地或進入某領域的）新人

- **Since you're a newcomer, please introduce yourself to the rest of the group.**
  因為你是新人，所以請向團隊中的其他人介紹自己。

(同義) **rookie**、**newbie** *n.* 新手;初學者

(說明) newcomer 是非常好記的一個單字,拆開來看是 new + comer,字面上即指「新來的」,也就是中文說的「菜鳥」。那你知道「老鳥」的英文是什麼嗎?可不是 old bird (✗) 喔!要表達「老鳥;資深的人」,可用 veteran [ˋvɛtərən]。這個字原本指「老兵;退伍軍人」,一般也常作形容詞,表示「經驗豐富的」,例如:

- I learned a lot from the **veteran** editor.
  我從資深編輯那裡學到不少。

❸ fill (sb.'s) shoes *phr.* 代替、接替(某人的位子)

- **Nobody could** fill Jim's shoes **after he left.**
  吉姆離開之後沒有人可以接替他的位子。

(說明) 這個片語的字面意思是「穿上某人的鞋子」,以 shoes「鞋子」來比喻職位、責任、期待等,等同於 step into (sb.'s) shoes。其他與 shoes 相關的片語還有:

in (sb.'s) shoes *phr.* 處於某人的地位或處境

- If I were **in your shoes**, I would wait a while before asking your manager for leave.
  如果我處於你現在的情況,我會等一下再和經理請假。

put oneself in (sb.'s) shoes *phr.* 設身處地為某人著想

- If you **put yourself in** others' **shoes**, maybe you'd help people more often.
  如果你設身處地替別人著想,也許你就會更常幫助別人了。

walk in (sb.'s) shoes *phr.* 跟隨某人的腳步;仿效某人的行徑

- I don't want to **walk in** my brother's **shoes**; I want to live my own life.
  我不想仿效我哥的方式;我要過自己的人生。

big shoes to fill *phr.* 難以被取代的職位

- When Cliff Bass left after twelve years as CEO, he left **big shoes to fill**.
  克里夫・貝斯於十二年後卸下執行長一職,其職位難以取代。

❹ fit in *phr.* 融入

- **Sometimes Cindy feels that she doesn't fit in with the other people at work.**
  有時候辛蒂覺得無法和公司其他同事打成一片。

(同義) **blend in** *phr.* 融入

(說明) fit in 常接介系詞 with 或 at，表示「適應某團體或情況；融入某個地方」。另外，fit (sb./sth.) in 則是指「安排時間見某人或處理某事」。

- **The dentist couldn't fit Stephanie in, so she had to come back later.**
  牙醫師沒辦法挪出時間幫史黛芬妮看診，她只好等一下再來。

- **I can fit in a meeting with you early next week.**
  我可以安排下週盡早和你會面。

職場達人小教室

以下是一些可幫助新人盡快融入工作環境的方法：

3 Provide written company procedures and explain your corporate culture.
提供書面公司流程並說明企業文化。

1 Assign a mentor to assist them during the first few weeks.
在剛開始的前幾週指派較資深的同事協助新人。

2 Supply a card with the names and e-mail addresses of people they can go to for help.
提供可尋求協助之同仁名單及其電子郵件信箱。

4 Supply them with company buzzwords and FAQs on how people work here so they don't have to ask uncomfortable questions. Knowing these terms could decrease on-the-job errors.
提供新人大家在公司所用的行話及常見問題，這樣他們就不用問一些令自己感到不自在的問題。知道這些用語能減少工作上的錯誤。

(1-5) Company Personnel
人事行政

Track 05

New employees[1] undergo[2] a three-month probationary period[3].
新進員工有三個月的試用期。

Who do I report to[4]?
我的直屬主管是誰？

You report to the financial[5] manager.
你隸屬於財務經埋。

---

① employee [ɪmˌplɔɪˋi] *n.* 員工

- My company gave its employees an extra day off from work this week.
  我們公司本週讓員工多休一天假。

衍生 **employer** *n.* 雇主；老闆
衍生 **employ** *v.* 雇用
衍生 **employment** *n.* 職業；受雇
衍生 **unemployed** *adj.* 失業的
衍生 **unemployment** *n.* 失業（人數）

說明 本字是由 employ「雇用」加上字尾 -ee 而來；名詞字尾 -ee 表「接受者」，其他同字尾的單字還有：
- **addressee** *n.* 收件人；收信人
- **interviewee** *n.* 被面試者；受訪者
- **trainee** *n.* 受培訓者

---

2 **undergo** [ˌʌndəˈgo] *v.* **經歷；接受**（undergo-underwent-undergone）

- **New employees must undergo a six-week training course before starting work.**
  新員工在開始工作之前必須接受為期六週的培訓課程。

- **Rose has to undergo surgery on her leg next week.**
  蘿絲下週要動腿部手術。

搭配　undergo +
a change/transformation	經歷改變
surgery / an operation	接受手術
tests/trials	經過測試
training	接受訓練
treatment	接受治療

---

3 **probationary period** [proˈbeʃənˌɛrɪ] [ˈpɪrɪəd] *n.* **試用期**

- **The probationary period for new employees is two months.**
  新員工的試用期是兩個月。

説明 probationary 是形容詞，指「試用的；見習的」，它的名詞 probation 亦可指「緩刑；（學生的）觀察期」，常搭配介系詞 on。

- The university put Nancy **on probation** because of her grades.
  大學因為南西成績太差而將她留校察看。

職場達人小教室

大部分的公司一般會設定三個月的「試用期」，然而其實台灣的勞基法中已無所謂的「試用期」。只要是經公司錄用的「正職員工」，就應被視為公司的一份子，若雇主認定新職員不勝任而欲予以解雇，也必須依法給予資遣預告通知及資遣費。

---

④ report to *phr.* 直屬；向……報告

- **You will be** reporting to **the HR Manager.**
  你將直屬於人資經理。

説明 某人 report to 的對象即是他／她的 direct superior「直屬主管」。

---

⑤ financial [faɪˋnænʃəl] *adj.* 財務的

- **The company is a** financial **group that offers many banking services.**
  這間公司是一個提供許多銀行服務的金融集團。

衍生 **financially** *adv.* 財務上；金融上
衍生 **finance** *v.* 提供資金；籌措資金 *n.* 財政；財源

搭配 **financial** +
- report　　　財務報告
- management　財務管理；理財
- manager　　財務經理（或稱 finance manager）
- system　　　財政系統

Getting Started
新手上路

Track 06

Where can I get office supplies[1]?
辦公文具可以在哪裡取得？

The supply cabinet[2] is behind the photocopier[3].
文具櫃在影印機後面。

1 **office supplies** [ˋɔfɪs] [səˋplaɪz] *n.* **辦公文具**

- **Heather ordered more office supplies this morning.**
  海瑟今天早上訂購了更多辦公文具。

新工作上路

常見辦公文具及用品

tack
圖釘

binder clip
長尾夾

stationery knife
美工刀

post-it note
便利貼

fountain pen
鋼筆

lead refill
筆芯

mechanical pencil
自動鉛筆

correction/white-out tape
修正帶

paper clip
迴紋針

ballpoint pen
原子筆

pencil
鉛筆

stapler
釘書機

highlighter
螢光筆

② cabinet [ˈkæbənɪt] *n.* 櫥櫃

- **All of our coffee cups are in the cabinet next to the refrigerator.**
  我們所有的咖啡杯都放在冰箱旁邊的櫃子裡。

搭配 **file cabinet** 檔案櫃

③ photocopier [ˈfotəˌkɑpɪɚ] *n.* 影印機（＝ copy machine）

- **The new photocopier is difficult to use.**
  這台新影印機很難使用。

圖解影印機

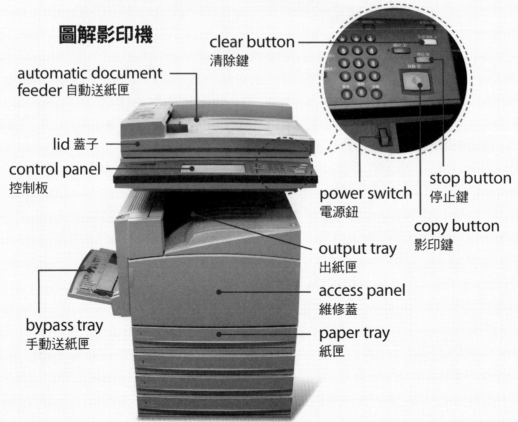

clear button 清除鍵

automatic document feeder 自動送紙匣

lid 蓋子

control panel 控制板

stop button 停止鍵

power switch 電源鈕

copy button 影印鍵

output tray 出紙匣

access panel 維修蓋

bypass tray 手動送紙匣

paper tray 紙匣

職場達人小教室

使用影印機時經常會遇到卡紙或紙張用完等突發狀況，把以下的實用句學起來，下次就能派上用場囉！

The copy machine is jammed.
影印機卡紙了。

There is no paper in the tray.
紙匣沒紙了。

Please refill the paper tray.
請將紙匣重新裝滿紙。

Please put more paper in the tray.
請多放一點紙到紙匣中。

Do you know how to work this thing? I'm trying to make double-sided copies.
你知道怎麼操作這台機器嗎？我想印雙面的。

I'm trying to enlarge this from B5 to A4. Do you know how?
我想把這文件從 B5 放大到 A4。你知道怎麼做嗎？

Is it broken again or is it just out of toner?
影印機是又壞了還是只是沒碳粉？

1-7 Office Equipment
辦公設備

> How do I log into[1] the Intranet[2]?
> 我要怎麼登入企業內部網絡呢？

> You'll need to enter your username[3] and password[4].
> 你得要輸入用戶名稱及密碼。

1 log into *phr.* 登入

- Let me log into my e-mail account.
  讓我登入我的電子郵件帳號。

(同義) log in/on *phr.* 登入
(反義) log out/off *phr.* 登出

❷ Intranet [ˈɪntrənɛt] *n.* 企業內部網絡

- **The IT department keeps the in-house Intranet and the Internet strictly separated.**
  資訊科技部門將企業內部網絡和網路嚴格分開。

職場達人小教室

Intranet 和 Internet 這兩個字看起來很像，差別到底在哪裡呢？ Internet 是開放的，一般人只要能連接上網就能獲得上面的資源。Intranet 則是專屬的、非開放的，它往往存在於私有網路之上，在一個企業或集團內部，應用 Internet 的技術組建成區域網絡，並以 Web 為核心應用構成統一和便利的資訊交換平台，例如檔案傳輸及管理、電子郵件、網路管理、廣域互連等。

❸ username [ˈjuzəˌnem] *n.* 用戶名稱；帳號

- **You must create a unique username for this website; it can't be the same as anyone else's username.**
  你必須為此網站建立獨特的帳號；不能與其他人的用戶名稱相同。

說明 當創建新帳號時，如果選擇了別人使用過的帳號名稱，系統便會自動出現類似這樣的警訊：

- **This username is already taken. Please choose another name.**
  這個帳號名稱已被使用了。請選擇其他的名稱。

❹ password [ˈpæsˌwɝd] *n.* 密碼

- **Harold forgot the password to log into his computer.**
  哈洛德忘了登入他電腦要輸入的密碼。

說明 有別於登入網站或系統時須輸入的 password，所謂的 PIN 碼則專指在提取現金、辦理銀行業務、解鎖手機 SIM 卡等情況下須輸入的「個人身分識別碼」，為 personal identification number 的簡稱。PIN 與 password 的另一個不同點在於 PIN 是由一串數字組成的密碼，不包含英文字母。

職場達人小教室

設定新帳號的時候，許多網站會要求一定程度的密碼強度（password strength/complexity）。一般而言，一組夠強的密碼必須包含至少八個字元（characters），並同時涵蓋大小寫字母與數字（uppercase letters, lowercase letters, and numbers）。過去曾有新聞報導整理出最容易被破解的幾組密碼，包括：123456、11111、password、qwerty（依字母在鍵盤上的排列順序）等。有趣的是，曾有國外的工程師無法理解為什麼有許多台灣用戶會使用 ji32k7au4a83 這串看似沒有邏輯的字元當作密碼，其實這只不過是以注音輸入「我的密碼」這四個字。

Give It a Try

1 請選出適合的單字或片語置入以下的句子中，使其語意完整。必要時請作適當變化。

feel free	password	photocopier
sales representative	undergo	work alongside

1. To register, enter your username which is your company ID number, and then type your _____.

2. The company will need to _____ major changes if we wish to adapt to this new market.

3. In your new job role, you will be _____ James and Michelle, who are both very easy to get along with.

4. Please _____ to help yourself to the tea, coffee, and snacks in the staff kitchen.

5. As a(n) _____, your job will be to identify new customers and encourage them to buy our products.

6. If the _____ runs out of paper, you can find more in this drawer down here.

2 請選出適合的單字、片語或句子置入以下的個人簡介中，使其語意完整。

Dear Sir/Madam,

I am interested in the ❼ of Sales & Marketing Manager as advertised on GoGoJob.com. I am currently employed by SmartMeet and believe my strengths make me the ideal ❽ .

As SmartMeet's Senior Digital Marketing Executive, I have four years' experience running campaigns. I have extensive knowledge of SEO, Content Marketing, and Copywriting. I ❾ , and am organized. I have been responsible for a 40 percent revenue increase, and have also been promoted twice. ❿ Please find my résumé attached.

I look forward to hearing from you shortly.

Kind regards,

Austin Chambers

_____ 7. (A) highlighter   (B) newcomer
          (C) finance   (D) position

_____ 8. (A) cabinet   (B) photocopier
          (C) candidate   (D) Intranet

_____ 9. (A) fill somebody's shoes   (B) work well with others
          (C) feel free to ask questions (D) report to the manager

_____ 10. (A) The only thing left to say is "Welcome aboard"!
           (B) I will show you around the office first.
           (C) I am ready to take the next step with a larger firm.
           (D) See you Monday for the start of the probationary period.

Part 2

Office Talk
辦公室英語

Telephone English
電話英語

Track 08

I'm trying to reach[1] Cindy Hunter. Is she available[2]?

我找辛蒂・杭特。請問她在嗎？

May I ask what this is concerning[3]?

請問是關於什麼事呢？

I'm calling on behalf of[4] Ace Inc. to confirm[5] if she received our box of samples.

我代表艾斯公司致電，想確認她是否有收到我們的一箱樣品。

Hold on[6], please. I'll put you through[7].

請稍等。我將為您轉接。

1 **reach** [riʧ] *v.* （透過電話、信件等）與……聯絡

- **She can reach me at 555-2931 until five o'clock.**
  她可以在五點之前打 555-2931 這支電話聯絡到我。

- **You can reach me at this e-mail address.**
  你可以用這個電子郵件地址跟我聯絡。

(説明) reach 作動詞時常用來指「抵達；到達」。
  - The stairs were too long, so I didn't **reach** the top of them.
    階梯實在太長了，所以我沒有爬到最頂端。

(片語) **reach for**（伸出手）去拿
(片語) **reach out** 伸手
(片語) **reach a certain age** 到了一定年齡
(片語) **reach a goal** 達成目標

2 available [əˋveləbl] *adj.* 有空的

- **The CEO is not available this afternoon, but he can see you tomorrow morning.**
  執行長今天下午沒空，但他明天早上可以見你。

(説明) available 作形容詞時亦指「可利用的；可得到的」。
  - Career counseling is **available** for all current and former students at the university.
    這所大學的所有在學與畢業生都有職涯諮商服務可利用。

(衍生) **availability** *n.* 可獲得性；可用性

3 concerning [kənˋsɜnɪŋ] *prep.* 關於

- **All questions concerning office procedures will be handled by the office manager.**
  關於辦公室流程的所有問題，將由辦公室經理負責。

(同義) **regarding** *prep.* 關於
(衍生) **concern** *v.* 關於；涉及 *n.* 擔心；憂慮
(衍生) **concerned** *adj.* 擔憂的

41

4 **on behalf of** *phr.* **代表**

- **Tina spoke on behalf of her department at the meeting.**
  蒂娜在會議上代表她的部門發言。

(說明) 名詞 behalf 指「代表」；本片語亦可寫作 on (sb.'s) behalf。
- **John couldn't be here to accept the award, so I will accept it on his behalf.**
  約翰無法到場領獎，所以我將代表他領獎。

5 **confirm** [kən`fɜm] *v.* **確認；證實**

- **I called Jim to confirm whether he is coming to the meeting.**
  我打電話給吉姆確認他是否會來參加會議。

(衍生) **confirmation** *n.* 確定；確認
(衍生) **reconfirm** *v.* 再次確認

6 **hold on** *phr.* **（在電話上）等一下**

- **Hold on a second. There's someone at the door.**
  等一下，別掛斷喔。有人在門口。

(說明) hold on 指「等一下」，也常用在要求對方先別掛斷電話，在電話線上稍等一下，此時亦可說成 hold the line。hold on 還有幾種常見的不同用法：
堅持下去
- **Things at work will get better soon; just hold on a little longer.**
  工作情況會改善的；只要再堅持一下就好了。

緊緊抓住（＋to N.）
- **Hold on to your hat or the wind will blow it away.**
  帽子要抓好，不然會被風吹走。

⑦ put (sb.) through *phr.* 替（某人）轉接電話

- **The secretary** put me through **to the manager.**
  秘書把我的電話轉給經理。

職場達人小教室

公司總機人員接起電話時會詢問來電者要找誰，並負責將電話轉到正確的分機。來看看以下關於電話轉接的實用句吧。

- How may I direct your call?
  請問您找哪位？
- Who would you like me to transfer you to?
  您要我轉接給誰呢？
- Who would you like to speak to?
  您要和誰通話呢？
- May I ask who you are calling for?
  請問您找哪位？

另外，當同事無法接聽電話，若不清楚來電者的身分，應避免透露太多細節給對方。以下為不同說法的比較：

DON'T SAY . . . 不要這樣說	**SAY . . .** 你可以這樣說
He's at lunch with his daughter. 他在和他女兒吃午餐。	He's away from his desk. 他不在座位上喔。
He's using the bathroom. 他去上洗手間。	He's not available at the moment. 他現在無法接聽電話。
She's at home, sick with the flu. 她得了流感所以在家。	She's out of the office for a few days. 她這幾天不在公司。

若同事不在，有哪些**幫別人留言**的語句呢？

- May I take a message? 需要幫您留言嗎？
- Please leave your name, number, and a message.
  請留下您的姓名、電話及留言。
- If you'd like to leave a message, I will forward
  it to him when he gets back.
  如果您要留言，他回來時我會轉告他。

如果**想要留言**，來看看下列的說法吧。

- Can you ask her to call me back? 可否請她回電給我？
- Would you tell him that I'll call back?
  可不可以告訴他我會再打過來？
- Just let him know I returned his call.
  只要讓他知道我有回電。

如果**不想要留言**，有哪些說法呢？

- That's OK. I'll try calling later. 沒關係。我晚點再打。
- No, that's fine. I'll call back. 不了，沒關係。我會再打過來。
- When would be the best time to call again?
  我什麼時候再打最好呢？

2-2 Delegating Assignments
工作協調與分派

I'd like you to work with David on this annual[1] sales report.
我要你和大衛一起進行這份年度業務報告。

Track 09

Sure thing.[2] I'll keep you posted[3] about our progress[4].
沒問題。我會隨時向您報告我們的進度。

1 annual [ˋænjəl] *adj.* **一年一次的；年度的**

- **The company's annual report includes its total profits for last year.**
  該公司的年度報告包括去年的總收益。

(同義) **yearly** *adj.* 每年的
(衍生) **annually** *adv.* 每年地；年度地
(衍生) **biannually** *adv.* 每半年地；每年兩次地

搭配 ➤ **annual** + { **leave** 年假；特休
meeting 年度會議
yield 年收益率；年產量 }

---

2 Sure thing. 當然；沒問題。

A: **Could I get your advice on something?**
我可以請你給我個建議嗎？

B: **Sure thing.**
沒問題。

(同義) **Of course.、Certainly.、You bet.** 當然。

(說明) 一般常用 Sure thing. 來對他人的要求或邀請給予簡短而肯定的回覆，如本單元中的用法。但 sure thing 在一般情況下也可表「必然會發生的事」或「必定成功的事」，類似中文「穩……」，如「穩贏」、「穩賺」等。

- **Ted thinks he can identify investments that are a sure thing.**
  泰德認為他能分辨出穩賺的投資。

---

3 keep (sb.) posted *phr.*
隨時向（某人）通報情況

- **While the boss is overseas, we'll keep him posted on our progress via e-mail.**
  老闆出國時，我們會透過電子郵件隨時讓他知道我們的進度。

職場達人小教室

post 在此為「使熟悉；使了解」之意，keep (sb.) posted 指「讓（某人）獲知最新消息」，後面可接 on/about (sth.) 指「向（某人）回報（某事）」。當要向主管承諾會隨時報告專案或工作上的最新進度時，還可以這麼說：

- I'll let you know.
  我會讓你知道。
- I'll keep you up-to-date.
  我會隨時向你更新消息。

----

4 progress [ˋprɑˌgrɛs] n. 進展；進步

- **Jack made a lot of progress on his project.**
  傑克的專案大有進展。

説明 progress 亦可作動詞，指「發展；進展」，這時重音在中間，唸成 [prəˋgrɛs]。

- As the project **progressed**, we realized it was too much for us to handle alone.
  隨著案子發展下去，我們發現負擔太大無法獨力處理。

片語 **in progress** 正在進行中

- Stephen's latest novel was still a work **in progress**, but he hoped to finish it soon.
  史蒂芬最新的小說還在進行中，不過他希望不久後就能完成。

2-3 Asking for Help
請求協助

Track 10

I'm in need of[1] your expertise[2] on this project.

關於這個專案，我需要妳的專業知識。

I'd be glad to be of assistance[3].

我會很高興能幫上任何忙。

❶ in need of *phr.* 需要

- Chris is so stressed from work that he's really in need of a holiday.

  克里斯的工作壓力實在太大，他真的需要好好放個假。

説明 (sb.) in need 則表示「需要幫助的（人）；貧困的（人）」。

- The club drafted a plan to raise money for children in need.

  這個社團草擬了一個為需要幫助的孩童募款的計畫。

48

2 # expertise [ˌɛkspɚˈtiz] *n.* **專業知識；專門技術**

- **The new president's business expertise helped the company become profitable once again.**
  那位新總裁在商業方面的專業知識幫助公司再次獲利。

衍生 **expert** *n.* 專家

搭配 **area of expertise** 專業領域

3 # assistance [əˈsɪstəns] *n.* **協助；幫助**

- **Ray asked for Pam's assistance in preparing the report.**
  雷請求潘協助準備這份報告。

衍生 **assist** *v.* 協助；幫助
衍生 **assistant** *n.* 助手；助理

職場達人小教室

本單元的情境對話以 be of assistance 來表示「幫得上忙的」。服務人員想要主動提供幫助的時候，也常說 (How) May I be of assistance?「有什麼我能協助您的嗎？」。英文中 be of + N. 表「……的」，通常用來形容某人事物的特質。相關的類似用法還有：

be of importance 重要的

be of use 有用的

be of service 能幫上忙的

be of concern 對……很重要的；使……擔憂的

- Perhaps your parents' advice will **be of use** to you when you are older.
  當你年紀漸長，父母的建議或許會對你有用。

2-4 Welcome Advice
尋求及提供建議

Track 11

What do you suggest[1] I do about the expected[2] delays[3]?

對於預期的延誤您建議我該怎麼辦呢？

What I would do is inform[4] the supervisor[5] in advance[6] and ask for his approval[7].

是我的話會事先告知主管並徵求他的同意。

① **suggest** [sə`dʒɛst] *v.* **建議**

- I suggest you think carefully before making the decision.

  我建議你做決定前要仔細思考。

(說明) suggest 亦指「顯示；表明；暗示」。

- These numbers **suggest** that our business is growing.
  這些數字顯示我們的業務正在持續成長。

(衍生) **suggestion** *n.* 建議

職場達人小教室

無論何種行業，上班族在開會時一定免不了得針對討論的議題提出自己的想法和建議。除了用 I suggest ... 之外，再多學幾種提出建議的好用句型吧！

How about + N./V-ing? ⋯⋯ 如何？

- **How about** checking the sales figures again?
  We might find the problem there.
  再檢查一次業績數字如何？我們也許會在那裡找出問題。

$$S. + \begin{cases} recommend \\ advise \\ propose \end{cases} + \begin{cases} (that)\ S.\ (should)\ V. \\ N./V\text{-ing} \end{cases} \quad （某人）建議……$$

- Lucy **recommended (that)** we visit the trade show on Monday when there won't be large crowds of people.
  露西建議我們在星期一不會有大批人潮時去參觀商展。

- Due to the coming storm, I **advise (that)** we postpone our company trip this weekend.
  由於暴風雨即將來襲，我建議我們將本週末的員工旅遊延期。

- I **propose** implementing a shorter workday as an employee incentive.
  我提議實施更短的工作日以激勵員工。

② expect [ɪkˋspɛkt] *v.* 預期；期待（對話中為過去分詞當形容詞用）

- **We expect sales to be up twenty-two percent over our competition.**
  我們預估銷售額會比競爭對手多出 22%。

- **Employees who aren't busy are expected to lend a hand to other departments.**
  公司期待有空的同事能協助其他部門。

(衍生) **expectation** *n.* 期望；期待
(衍生) **unexpected** *adj.* 始料未及的；出乎意料的

---

3 delay [dɪˋle] *n.* 延誤

- **There was a delay at the airport, so my flight won't arrive until 10:30.**
  機場發生了延誤，所以我的班機十點半才會到。

(說明) delay 亦可作動詞，指「拖延；耽擱」。
  - We **delayed** the meeting by an hour.
    我們將會議延後一小時。

(片語) **without delay** 馬上；毫不延遲

---

4 inform [ɪnˋfɔrm] *v.* 告知；通知；通報

- **Please inform your manager that I would like to speak to her.**
  請告知你的經理說我想跟她談談。

(衍生) **well-informed** *adj.* 見多識廣的；消息靈通的
(衍生) **information** *n.* 資訊
(衍生) **informative** *adj.* 提供資訊的；見聞廣博的

(說明) inform 比 tell 更為正式，因此也是商務情境中的常用字之一。可同上方的例句用 inform (sb.) that . . . 的句型，亦可用 inform (sb.) of (sth.) 來表示「告知某人某事」。
  - We want to **inform you of** the opening of our third branch in Atlanta.
    我們想告知您我們在亞特蘭大第三家分店的開幕。

⑤ supervisor [ˌsupəˈvaɪzə] n. 管理人；監督人

- **Mr. Lee is the supervisor of the car company's sales department.**
  李先生是那家汽車公司的業務部主管。

(同義) **executive** n. 經理；管理人員
(反義) **subordinate** n. 下屬
(衍生) **supervise** v. 監督；管理
(衍生) **supervisory** adj. 監理的；監督的

---

⑥ in advance phr. 預先

- **You should have all of the paperwork prepared in advance before you go to the office.**
  你去辦公室之前應該先準備好所有文件。

(同義) **beforehand** adv. 提前；事先
(同義) **ahead of time** phr. 提早

---

⑦ approval [əˈpruvl̩] n. 認可；批准

- **To start a new project, you should get the approval from your supervisor.**
  要開始一個新案子，你應該獲得主管的批准。

(反義) **disapproval** n. 不贊同；反對
(衍生) **approve** v. 認可；准許
(片語) **without (sb.'s) approval**
  未經（某人）許可

2-5 Encouragement and Praise 鼓勵與讚美

> You've done an outstanding[1] job. Keep up the good work[2]!
> 你的表現相當優異。繼續保持這樣好的表現！

> Thank you, Mr. Walters. You can count on[3] that!
> 謝謝您，華特茲先生。您可以放心期待！

① outstanding [ˌaʊtˋstændɪŋ] *adj.* 出色的；傑出的

- **Tom's work performance has been outstanding so far.**
  湯姆到目前為止的工作表現一直都很出色。

(同義) **terrific** *adj.* 非常好的；了不起的
(同義) **exceptional** *adj.* 非凡的；傑出的；特殊的

説明 outstanding 除了可表「傑出的」，還有另一個特殊的意思，用來描述「（帳款、款項）未償付的；（事情）未完成的」，如：

- Our records show you have an **outstanding** balance of $6,000.

  我們的記錄顯示您有一筆六千元的欠款。

- Before signing the contract, we need to resolve a few **outstanding** issues.

  在簽約之前，我們需要解決一些懸而未決的問題。

---

② keep up the good work *phr.*
繼續維持好表現

- **My supervisor wants me to** keep up the good work.

  我的主管希望我繼續有好的表現。

同義 **Keep it up!** 繼續努力！
相關 **keep up with** *phr.* 跟上；趕上

職場達人小教室

主管們若能不吝給予稱讚與鼓勵，便可有效提升團隊的士氣，使同仁更有動力努力工作。一起來看看更多好用的鼓勵話術吧！

- Well done!、Good on you!
  做得好呀！
- I'm impressed! 真令人刮目相看！
- I'm very pleased with your work!
  我對你的表現非常滿意！
- You did a great job!
  你的表現棒極了！

③ count on *phr.* 信賴；仰賴

- **You can always count on Lacy to turn in quality work on time.**
  你總是可以指望蕾西準時交出高品質的工作。

(同義) **depend on、rely on** *phr.* 依靠；仰賴

(說明) 上述例句中 count on (sb.) to V. 的用法相當常見，用來表示「仰賴、指望、期待某人做某事」；而 count on 的常用句型還有：

count on (sb.) + for N. 仰賴某人的……

- I know I can **count on** Dwight **for** support.
  我知道我可以仰賴德懷特的支持。

count on (sth.) + V-ing 指望、期望某事發生

- I'm **counting on** the new tent arriving in time for this weekend's trip.
  我期望新的帳篷會在這週末的旅行前準時到貨。

職場達人小教室

You can count
on it.

這個片語一般較常用 count on (sb.) to V. 的句型，而在本單元的情境中，當主管讚美自己並要求 keep up the good work 後，以 You can count on it/that. 回應，便是在暗示主管大可放心，因為自己一定會這麼做，比單純說 I will 更有自信。

2-6 **Making Changes**
變更行程

I'm sorry but something urgent[1] came up[2].
I have to postpone[3] our meeting.
抱歉，發生了一些急事。我必須將會議延期。

Track
13

Maybe we can reschedule[4]
for next week.
也許我們可以重新安排下週的時間。

① urgent [ˋɝdʒənt] *adj.* 緊急的；急迫的

- **Max sent an urgent message to his secretary.**
  麥克斯傳了封緊急訊息給他的秘書。

衍生 **urgency** *n.* 緊急；催促

2 **come up** *phr.* **突然發生；出現**

- I won't be able to attend the meeting next weekend as something has come up.
  我沒辦法參加下週末的會議，因為我突然有事。

(說明) come up 亦可指「接近；（在地位、等級）上升」。

- The meeting is **coming up**. Do you have any thoughts?
  會議時間快到了。你有沒有什麼想法呢？
- Mike **came up** through the ranks at the company and eventually became a vice president.
  麥克在公司一路晉升，最後成為副總。

3 **postpone** [post`pon] *v.* **延期；延遲**

- I'm afraid we'll have to postpone the product launch until next week.
  恐怕我們必須將產品發布會延期到下週。

(同義) **put off** *phr.* 延遲；拖延

(說明) 字首 post- 表示「之後；後面」，可用來指時間、空間或順序。例如：
  - post- + modern = **postmodern** 後現代的
  - post- + retirement = **postretirement** 退休後的
  - post- + tax = **post-tax** 稅後的
  - post- + war = **postwar** 戰後的

4 **reschedule** [rɪ`skɛdʒʊl] *v.*
重訂⋯⋯的時間；更改時間

- Due to the weather, the flight has been rescheduled to 7:40 p.m.
  由於氣候因素，該航班已改為晚上七點四十分。

(同義) **rearrange** v. 重新安排

(說明) 字首 re- 有「再度;回到原先狀態;取消已做動作」等意思。其他例子還有:
- **rethink** v. 重新考慮
- **replace** v. 取代;替代
- **reunion** n. 團聚;團圓

職場達人小教室

秘書或助理等相關職務經常需要為主管安排行程,當遇到有突發事件必須變更既定行程時,可運用以下的說法與對方協調:

Can we put off this meeting with the manager until Monday?
和經理開會的時間可以延到星期一嗎?

I'd really appreciate it if we could reschedule the meeting.
如果我們能重新安排開會時間,我將感激不盡。

The CEO can't make the appointment tomorrow at nine. Are there any other openings?
執行長明天九點無法赴約。還有其他空檔嗎?

Asking for Time Off
請假英語

Track 14

I'm feeling a bit under the weather[1].
I need to take a day off[2].
我覺得不太舒服。我需要請一天假。

OK. Just remember to fill out[3] a
medical leave[4] form when you come in.
好的。只是要記得進公司時要填寫病假單。

❶ under the weather *phr.* 身體不適

- **Nelson just phoned to say he's feeling** under the weather **and won't be in today.**
  尼爾森剛打電話來說他覺得不舒服，今天不會進公司。

(同義) **be/feel ill** *phr.* 覺得不舒服；微恙

(說明) 這個用語源於指天氣對人健康的影響，引申指「身體不舒服或情緒低迷」。

60

② take a day off *phr.* 請（休）假一天

- **Simon is going to** take a day off.
  賽門要請一天假。

職場達人小教室

off 在此指「（請病假、事假、或其他原因而）休息、不工作」，要描述「休息了……（多久）；請了……（多久）的假」就可用「take + 一段時間 + off」來表示。關於請病假，還有以下常用的表達方式：

call in sick *phr.* 打電話到公司請病假

- Donna and Fred **called in sick**, so we basically don't have any help in the store today.
  唐娜和弗萊德打電話進來請病假，所以基本上店裡今天沒有人可幫忙。

be out sick *phr.* 因為請病假而不在

- Half of my colleagues at work **were out sick** with the flu.
  我的同事有半數因為流感而沒來上班。

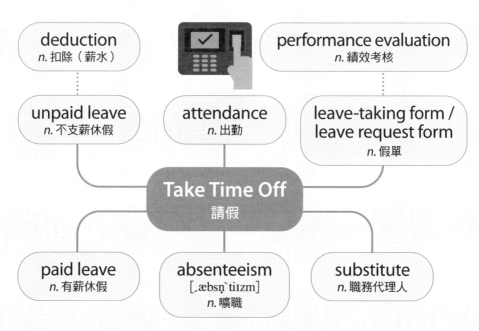

③ fill out *phr.* **填寫（文件、表格等）**

- **Please fill out your name, address, and telephone number on this form.**
  請在這張表格上填寫你的名字、地址和電話號碼。

(同義) **fill in** *phr.* 填寫

---

④ medical leave [ˋmɛdɪkḷ] [liv] *n.* **病假**

- **Human Resources is adopting a new system for requesting vacations and medical leave.**
  人力資源部將要採用一種新的系統供員工申請休假和病假。

(相關) **doctor's note** 醫生證明

(說明) medical leave 一般也常說成 sick leave。leave 為名詞，指「休假；請假」，常見用法有 take ... leave「請……（種類）的假」、on leave「休假中；請假中」等。

常見的假別英語

personal leave
事假

official leave
公假

annual leave
年假

maternal leave
產假

paternity leave
親職假；陪產假

bereavement leave
喪假

Give It a Try

1 請選出適合的單字或片語置入以下的手機簡訊中，使其語意完整。

available	come up	inform
keep me posted	on behalf of	urgent

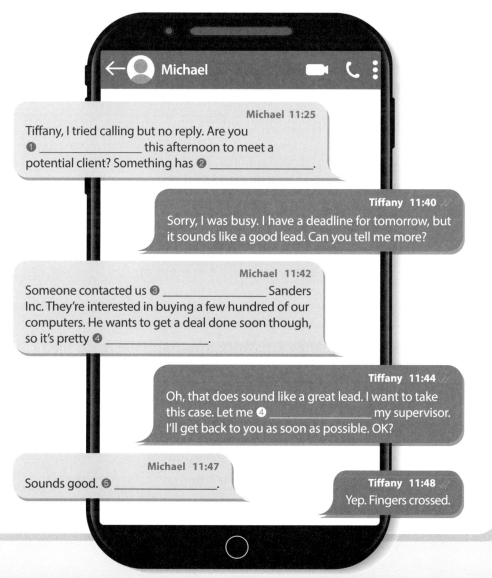

Michael 👤

Michael 11:25
Tiffany, I tried calling but no reply. Are you
❶ _____ this afternoon to meet a
potential client? Something has ❷ _____.

Tiffany 11:40
Sorry, I was busy. I have a deadline for tomorrow, but
it sounds like a good lead. Can you tell me more?

Michael 11:42
Someone contacted us ❸ _____ Sanders
Inc. They're interested in buying a few hundred of our
computers. He wants to get a deal done soon though,
so it's pretty ❹ _____.

Tiffany 11:44
Oh, that does sound like a great lead. I want to take
this case. Let me ❹ _____ my supervisor.
I'll get back to you as soon as possible. OK?

Michael 11:47
Sounds good. ❺ _____.

Tiffany 11:48
Yep. Fingers crossed.

2 請選出適合的單字或句子置入以下的電子郵件中，使其語意完整。

— ⤢ ✕

To: designstaff@dntf.com

From: pamstephenson@dntf.com

Subject: Postponed Meeting

Hey all,

This is a notice that tomorrow's meeting has been __⑦__ to Friday at 2 p.m. Freddy Gomez is feeling __⑧__, and the meeting can't progress without his expertise. Fortunately, we will now have more time to go through everything (1 hour instead of 45 minutes). __⑨__ If you have any questions, I __⑩__ you let me know in advance.

Thank you and see you on Friday.

Pam Stephenson

_____ 7. (A) informed   (B) reached   (C) replaced   (D) rescheduled

_____ 8. (A) outstanding   (B) urgent
            (C) under the weather   (D) in need of

_____ 9. (A) This is good news, as now everyone can expect their opinions
                to be heard.
            (B) Freddy will provide assistance to anyone who needs help
                tomorrow.
            (C) I've taken Friday off so that I can get ready for the meeting
                with the boss.
            (D) Please let your supervisor know that you will not be able to
                make it on Friday.

_____ 10. (A) postpone   (B) assist   (C) delay   (D) suggest

Part 3

Meetings and Presentations
開會與簡報

3-1 Hosting a Meeting
主持會議

Track 15

> **We have a lot to discuss this morning. Let's get down to business[1]. Claire, take the minutes[2], please.**
> 今天早上我們有很多事情要討論。讓我們直接切入正題吧。克萊兒,請做會議記錄。

> **Sure. Will do.[3]**
> 當然。我會。

1 get down to business *phr.* 開始辦正事

- **We're ten minutes late starting the meeting, so let's get down to business.**
  我們晚了十分鐘開會,就直接切入正題吧。

説明 這個片語常用來要求別人結束閒談並「開始進入正題；開始辦正事」。
類似的說法還有：

- get on with it
- get the ball rolling
- get the show on the road

---

2 minutes [ˋmɪnəts] *n.* 會議記錄

- **The team leader will take the minutes during each meeting, and upload them to the shared folder later.**

  團隊領導者將在每次會議中做記錄，並在稍後將其上傳到共享資料夾。

説明 minutes 指「會議記錄」時通常都是複數形，且要注意動詞須用 take，
而不是 write 或 make 喔。

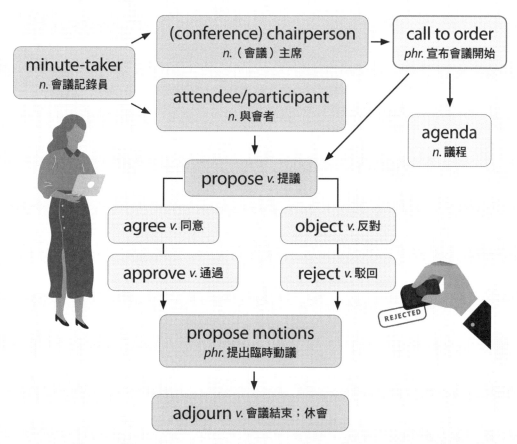

3 Will do. 好的；沒問題。

A: Can you call the client to update them?
你可以打電話給客戶告訴他們最新消息嗎？

B: No problem. Will do.
沒問題。好的。

(反義) **No can do.** 沒辦法；辦不到。

(說明) Will do. 的完整說法為 I will do that.，口語中常以簡略方式表達。
當有同事請你幫忙，要爽快地答應對方時，還可以說：

> • No problem. 沒問題。
>
> • For sure. 那當然。

will do 另外也可指「足夠；可以」，常見用法是 that will do（在對話中常縮寫為 that'll do），其中的 that 指的是前面提到的某事物，也可以直接用名詞來替換 that。

• **A: Shall we add more tomatoes to the soup?**
我們需要加更多番茄到湯裡嗎？

B: No, that'll do.
不用，那樣就可以了。

• **We don't ask for a specific size of donation and any amount will do.**
我們不要求特定多少的捐款，任何金額都可以。

3-2 Brainstorming Ideas
腦力激盪

Track
16

This is a brainstorming[1] session[2]; anything goes! Who's got an idea?

這是腦力激盪會議;想到什麼就說出來!
誰有什麼點子了嗎?

How about throwing[3] an appreciation[4] party for our loyal[5] customers[6]?

為我們的忠實顧客舉辦一場感恩派對如何?

❶ brainstorming [ˈbrenˌstɔrmɪŋ] n.
腦力激盪;集思廣益

- Brainstorming **always produces lots of new ideas.**
  腦力激盪總是會產生許多新的想法。

衍生 brainstorm v. 腦力激盪

69

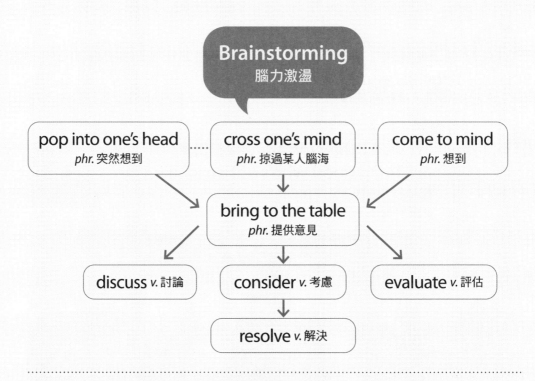

Brainstorming
腦力激盪

pop into one's head *phr.* 突然想到	**cross one's mind** *phr.* 掠過某人腦海	**come to mind** *phr.* 想到

bring to the table *phr.* 提供意見

discuss *v.* 討論	**consider** *v.* 考慮	**evaluate** *v.* 評估

resolve *v.* 解決

---

② **session** [ˋsɛʃən] *n.* **會議**

- **The designers came up with the plan during a late-night brainstorming session.**
  設計師們在深夜的腦力激盪會議上想出了那個計畫。

說明 session 亦可指「（從事某項活動的）一段時間」。
  - **The conference was split into three sessions over the course of the day.**
    那場會議在一天中分為三個時段。

---

③ **throw** [θro] *v.* **（口語）舉辦（宴會等）**

- **Jenny threw a leaving party for David so all his friends could say goodbye to him.**
  珍妮為大衛舉辦了一場送別會，好讓他的所有朋友都可以跟他說再見。

同義 **hold** *v.* 舉行

搭配 **throw a party** 舉辦派對或宴會

---

④ appreciation [ə‚prɪʃìˋeʃən] *n.* **感謝**

- **Jonathan showed his appreciation for my help by taking me to dinner.**
  強納森帶我去吃晚餐以表示他對我幫忙的感謝。

衍生 **appreciate** *v.* 感謝；欣賞；理解

說明 appreciation 亦指「欣賞；鑑賞；理解」。

- **Mr. Brenner's appreciation of opera is well known.**
  布瑞納先生對歌劇的鑑賞力是眾所周知的。

- **Having read an article about fair trade, I have a better appreciation for what it is.**
  閱讀了有關公平貿易的文章後，我對其有了更好的理解。

---

⑤ loyal [ˋlɔɪəl] *adj.* **忠誠的；忠心的**

- **Herb is a loyal employee whom his boss can count on.**
  賀伯是個可以讓上司信賴的忠實員工。

衍生 **loyalty** *n.* 忠誠；忠心

職場達人小教室

為了要鼓勵顧客進行穩定而長期的消費，許多公司會透過紅利集點方式來執行「酬賓計畫」，英文稱為 loyalty program，以這樣的行銷手法加深顧客對品牌或企業的忠誠度，進而創造穩定的獲利。

6 customer [ˈkʌstəmə] *n.* 顧客；客戶

- **It's important to treat your customers well so that they will always come back.**
  好好對待客人很重要，這樣他們才會一再光顧。

(衍生) **customize** *v.* 客製化

搭配 loyal
repeat/regular } + **customer** 忠實顧客
常客

比較

customer	（購買商品或固定上某些店消費的）顧客；客戶
	Customers who spend over a hundred dollars can receive ten percent off the next time they buy something. 消費超過一百元的顧客下次消費時可以得到百分之十的折扣。
client	（律師、會計師等專業人士的）委託人；客戶
	The lawyer has many rich clients. 這名律師有很多富有的委託人。
consumer	（泛指有購買行為或使用某服務的）消費者
	Consumers usually increase their spending around the holidays. 每逢假期時，消費者通常會增加花費。

3-3 Videoconferencing
視訊會議

> Your voice sounds distorted[1]/weird.
> Could you adjust[2] the volume[3] on your side?
> 妳聲音聽起來失真了／怪怪的。妳可以調整妳那邊的音量嗎？

Track 17

> The connection[4] isn't great.
> Let's hang up[5] and try again.
> 連線不是很好。我們掛斷後再試一次吧。

1 distort [dɪˋstɔrt] v. **（訊號、影像）變形；失真；曲解（事實）（常以過去分詞作形容詞用）**

- You can tell the picture has been photoshopped because the background is distorted.

  你可以看得出來這張照片有利用軟體修圖過，因為背景變形了。

- **The newspaper distorted some of the facts surrounding the story.**
  關於這則消息，該報社扭曲了部分事實。

(衍生) **distortion** *n.* 扭曲；曲解

❷ adjust [əˋdʒʌst] *v.* 調整

- **You can adjust the light to make it shine on what you are working on.**
  你可以調整光源照在你工作的地方。

(衍生) **adjustment** *n.* 調整；校正

(說明) 片語 adjust to + N./V-ing 則是表「適應、習慣……」之意。

- **Chester encountered many problems while trying to adjust to his new job.**
  崔斯特試著適應新工作的時候，遭遇了許多困難。

❸ volume [ˋvɑljəm] *n.* 音量

- **Turn the knob to the right if you want to increase the volume.**
  如果你想調高音量，就把旋鈕向右轉。

(說明) volume 亦可指「（生產、交易等的）量」以及「（書籍的）一冊；一卷」。

- **The sales department is discussing ways to increase order volume.**
  銷售部門正在討論增加訂單量的方法。
- **Derek's library contains several rare volumes.**
  德瑞克的藏書裡有幾本罕見的書。

4 connection [kəˋnɛkʃən] *n.* **（網路、電話等）連線**

- **The newly upgraded Internet connection in our office has tremendously improved workflow.**
  我們辦公室新升級的網路連線大大改善了工作流程。

説明 connection 亦可指「關聯；（人脈）關係」。

- **Lucy has a few connections in this company; perhaps she could help you get a job there.**
  露西在這家公司有些人脈關係；也許她能幫你在這裡找份工作。

衍生 **connect** *v.* 連結；連繫

職場達人小教室

開視訊會議的時候，若有硬體設備或連線方面的問題一定要即時反應，才能確保會議順利進行，避免浪費自己與對方的時間。來看看如何反應各種問題吧！

語音問題

- Please turn up the volume so I can hear you.
  請把音量調大這樣我才能聽到你的聲音。
- There is a loud echo whenever you speak.
  你一說話就會有很大的回音。

影像問題

- Could you adjust the camera so that I can see you better?
  你能調整鏡頭好讓我較能看清楚你嗎？
- I can't see what you are referring to.
  我看不到你所指的地方。

連線問題

- There seems to be a bit of a time lag.
  似乎有一點時間差。
- The sound is slightly out of sync.
  聲音有一點不同步。
- You are breaking up.
  你的聲音斷斷續續的。
- The picture keeps freezing.
  畫面一直定格。

⑤ hang up *phr.* 掛斷（電話）

- **After Mandy hung up, she remembered another question she wanted to ask Abbie.**

  掛斷電話後，曼蒂記起了她要問艾比的另一個問題。

説明 若要表示「掛掉某人的電話」，介系詞須用 on。

- **Doris hung up on her boyfriend after he kept arguing with her on the telephone.**

  朵莉絲的男友在電話上不斷和她爭論，所以她就掛了他的電話。

另外，如果要請對方在電話線上稍等一下，不要掛斷，則可說 hang on，等於 hold on。

- **Hang on.** I have a call on my other line.

  等一下。我另外一線有來電。

其他與 hang 相關的常用片語還有：

hang out *phr.* （在某地）閒晃；逗留

- Let's **hang out** in this coffee shop until the rain stops.

  我們在這間咖啡店待到雨停為止吧。

hang out with (sb.) *phr.* （和某人）玩在一起、一起打發時間

- Wally wants to **hang out with** his friends this weekend.

  瓦利這個週末想要跟他的朋友們泡在一起。

hang in there *phr.* 堅持下去；撐著點

- Even though he's struggling with his job, Will is going to **hang in there**.

  雖然威爾工作上很辛苦，但他會撐下去。

3-4 **Stating the Purpose**
說明簡報目的

> The purpose[1] of this presentation[2] is to review[3] last year's sales figures[4].
>
> 這場簡報的目的是要檢視去年的銷售數據。

Track
18

① purpose [ˋpɝpəs] *n.* **目的；意圖**

- **The purpose of quality control is to discover any flaw before the item is shipped.**

  品管的目的就是要趕在商品出貨之前發現任何瑕疵。

(片語) **on purpose** 故意；有目的地

❷ presentation [ˌprɛznˋteʃən] *n.* 簡報；報告

- **After finishing her presentation, the speaker proceeded to take questions from the audience.**
  發表完簡報之後，講者接著接受觀眾的提問。

衍生 **present** *v.* 提出；呈獻

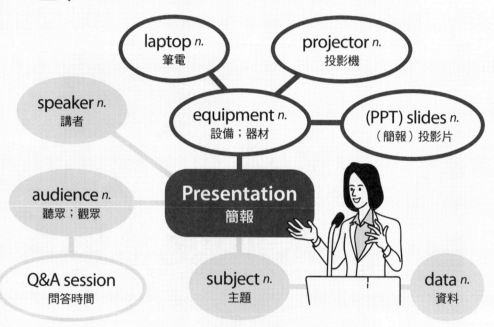

laptop *n.*
筆電

projector *n.*
投影機

speaker *n.*
講者

equipment *n.*
設備；器材

(PPT) slides *n.*
（簡報）投影片

audience *n.*
聽眾；觀眾

Presentation
簡報

Q&A session
問答時間

subject *n.*
主題

data *n.*
資料

❸ review [rɪˋvju] *v.* 審查；檢閱

- **I reviewed the papers you gave me, and I have a few questions.**
  我檢閱了你給我的文件，我有幾個問題。

說明 review 亦指「評論」，可作動詞或名詞。

- **That new restaurant was negatively reviewed in the newspaper.**
  那間新餐廳在報上得到負評。

- We chose to stay at this hotel based on positive online **reviews**.
我們根據網路上的正面評價而選擇住在這間旅館。

(衍生) **reviewer** *n.* 評論者

搭配
rave		高度好評；激賞
peer	**+ review**	同儕審查；同儕評鑑
performance		績效考核

---

4 **sales figures** [selz] [ˈfɪgjəz] *n.* **銷售數據**

- **Sales figures for this month have not been as good as last month.**
本月的銷售數字沒有上個月那麼好。

(說明) figure 作名詞時亦可表「人物；名人」。作動詞則指「估計；認為」，常見片語 figure out 表「想出（解決方法）；理解」。

- I **figure** with hard work we'll surely complete the project ahead of schedule.
我想只要努力，我們一定能提早完成專案。

- Fortunately, the technician **figured out** what went wrong with the server.
幸運的是，該技師已釐清伺服器是哪裡出了問題。

(相關) **ballpark figure** 約略估計的數目
facts and figures（某情勢或主題的）基本細節和數據等

Moving the Presentation Along
鋪陳論述

Track 19

> Now let's move on to[1] the proposed[2] budget[3] for the next two years.
>
> 現在，我們就接著討論未來兩年所擬議的預算吧。

① move on to *phr.* 持續；繼續

- **Priscilla changed the slide and moved on to the next item on the agenda.**

  普莉席拉更換投影片後接著講述議程上的下一個事項。

（同義） **go on to** *phr.* 持續；繼續

（說明） move on 意思是「繼續移動或前進」，之後接 to 時，則表示「移到某處或某個領域」或「從一個事件、階段進行到下一個」，如 move on to the next stage「進入下一個階段」。而用在開會或簡報時，則是用來轉換主題，表示「接著談論下一個主題或進行下一個活動」。

② **propose** [prə`poz] *v.*
提議；提出（對話中為過去分詞當形容詞用）

- **My boss found the proposed advertising strategy to be a fantastic idea.**
  我老闆認為提出來的這個廣告策略是個很棒的主意。

- **I proposed to our clients that we meet for lunch next Friday.**
  我向客戶提議我們下週五見面共進午餐。

（說明） propose 亦可指「求婚」。
  - The man **proposed** to the woman he loved, and she agreed to marry him.
    那名男子向他所愛的女子求婚，而她同意嫁給他。

（衍生） **proposal** *n.* 提議；求婚

（比較）

propose	泛指提出各種建議、計畫等，常用 propose + N./V-ing「提議做某事」的句型。 The mayor proposed building a new city hall. 市長提議打造一座新的市政中心。
submit	正式提交申請或呈遞某物，如 submit an application「提出申請」、submit a proposal「提案」。 Managers must submit all employee evaluations by the end of the week. 經理們必須在本週結束前呈交所有員工的績效考核。

file	**指提出法律訴訟，如 file a suit「提出訴訟」。**
	Nancy **filed** a lawsuit against Loyal Group for firing her. 南西因為皇家集團解雇她而提出了法律訴訟。
lodge	**通常表示提出索賠、上訴、抗議等。**
	Greta **lodged** a complaint about product quality at HomeSupplies. 葛蕾塔針對居家用品公司的商品品質提出了客訴。

···

❸ budget [ˋbʌdʒɪt] *n.* 預算

- **Erica's company gives her a big travel budget, so she stays in nice hotels.**

  艾瑞卡的公司給她一筆很高的公差預算，所以她住在很好的飯店。

說明 budget 亦可作動詞，指「編列預算」；也可作形容詞，指「預算有限的；價格低廉的」，budget airline 即指「廉價航空」。

- **Fiona plans to budget** carefully this year so she can take a trip through Europe next summer.

  費歐娜今年打算謹慎編列預算，這樣她明年夏天才可以來趟橫跨歐洲的旅行。

- Ted always stays in **budget** hotels to save money.

  泰德總是投宿廉價旅店來省錢。

搭配

on a serious/tight stay on on/under/within out of / over one's	+ **budget**	經濟拮据；手頭緊 控制在預算內；不超出預算 在預算之內；沒超出預算 超出某人的預算

(3-6) Using Graphs in a Presentation 解說圖表

Track
20

> The diagram[1] here points out[2] the regions[3] of the country where our products have been selling the best.
>
> 這張圖表指出我們的產品在國內哪些地區最暢銷。

① diagram [ˋdaɪəˌɡræm] *n.* 示意圖；圖表

- Mind maps are useful diagrams for brainstorming sessions.

  心智圖是腦力激盪會議中很有用的圖表。

diagram	**常用來解釋運作方式或某種概念的圖解、示意圖等。**
	The engineer drew a three-dimensional diagram. 工程師畫了一張 3D 的示意圖。
graph	**主要用來比較兩者以上數字或大小變數關係的圖表（如曲線圖）。**
	The numbers on the graph refer to the company's performance in 2020. 這張圖表上的數字指的是該公司 2020 年的表現。
chart	**可讓訊息更容易被理解的圖表，可以是 diagram、graph 或是圖片。**
	David posted a chart that showed what the sales projections were for the following year. 大衛張貼了一張圖表，上頭顯示明年的預期銷售量是多少。

職場達人小教室

發表簡報時，經常需要透過圖表來突顯數據的高低差距、銷售的趨勢或整體比例等，而根據要呈現的資料選擇正確的圖表類型，才能讓簡報內容清楚易懂。來看看以下這些圖表分別適合呈現哪種資料吧。

 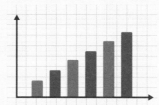 

line graph 折線圖

適合呈現總銷售量（total sales）、價格（price）、營收（revenue）和費用支出（expenditure）等的趨勢或走向。

bar chart 長條圖

適合比較同性質但不同項目（category）、範圍（range）或時期（period of time）的數據差異。

pie chart 圓餅圖

顯示某項目和整體比例（percentage）之關係，常用來表示市占率。

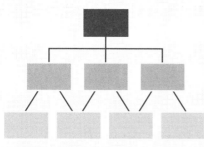

flowchart 流程圖

適合用來解釋工作的流程、解決問題的步驟和程序等。

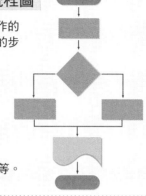

tree chart/diagram 樹狀圖

適合用來檢視階層式的資料,如公司人事結構、家族成員等。

2 point out *phr.* 指出

• **Sean used a pointer to** point out **important topics during his slide show.**
尚恩在展示投影片時用雷射光筆來指出重要的主題。

說明 除了 point out,解說圖表可搭配的動詞還有:

• **exhibit** 顯示
• **depict** 描述
  ➡ The bar chart **depicts** our significant improvement in the Southeast Asia market.
  這個長條圖描述了我們在東南亞市場有顯著的進步。
• **highlight** 突顯
• **illustrate** 說明
  ➡ The next chart will **illustrate** just what I mean.
  下一張圖表正能闡明我的意思。
• **represent** 意味著
• **show** 呈現

3 region [ˈridʒən] *n.* 地區;地帶

• **The company is planning to expand into new** regions.
該公司計畫要拓展至新的地區。

衍生 **regional** *adj.* 地區性的;區域性的

Interacting with the Audience 互動提問

> Feel free to interrupt[1] me at any time with questions or comments[2]; and if you need clarification[3] on anything, just let me know.
>
> 有問題或意見時請隨時打斷我；如果你們需要任何進一步說明的話，儘管告訴我。

Track 21

❶ interrupt [ˌɪntəˋrʌpt] v. 打斷

- **You shouldn't interrupt when your boss is talking to you.**

  當你的老闆對你說話時，你不應該打斷。

衍生 interruption n. 打斷；干擾

職場達人小教室

會議中要加入意見或中斷他人談話時，要注意態度和語氣，才不會冒犯人喔！
下次想要插入別人談話時可以先這麼說：

- Excuse me for interrupting. 抱歉打斷一下。
- I don't mean to butt in, but . . . 我不是故意要打斷，但……
- May I have a word? 我可以說句話嗎？
- Allow me to say something here. 容我說些話。

② comment [ˋkɑmɛnt] n. 評論；意見

- **If you have any comments about my work, please let me know.**

  如果你對我的工作有任何意見，請讓我知道。

(同義) **remark** n. 言論；評論

搭配　**constructive comment/criticism**
有建設性的意見／批評

(片語) **have no comments on/about** 對……不予置評

(說明) comment 亦可作動詞，指「發表意見；評論」。

- After everyone **commented** on the project idea, Daniel made some changes.
  大家對專案的構想提出意見後，丹尼爾做了一些修改。

③ clarification [ˌklɛrəfəˋkeʃən] n. 澄清；說明

- **Could you provide more clarification on the new overtime policy?**

  針對新的加班政策，您可以提供更詳細的說明嗎？

(衍生) **clarify** v. 澄清；闡明

職場達人小教室

在 Q&A 的問答時段中，觀眾會針對簡報內容提出問題。若事前準備充分通常能從容應對；但若遇到當下無法直接回答的問題，又該如何回應呢？下面這幾句趕快學起來吧。

 能夠直接應對時

- A good question. Let's look at this table one more time.
  問得好。讓我們再看一次這個表格。
- I'm glad you've asked that question. As I said earlier . . .
  很高興你提出那個問題。如我先前所說……

 無法直接回答時

- We'll be examining this point in more detail later.
  我們稍後會再深入探討這點。
- I'd be happy to answer that question in greater depth if you come to me after.
  如果你在簡報結束後來找我，我會很樂意更深入地回答那個問題。

Give It a Try

1 請選出適合的單字或片語置入以下的句子中，使其語意完整。必要時請作適當變化。

budget	diagram	hang up
interrupt	move on to	review

1. Kate _____ the phone as soon as she realized that the person calling was trying to scam her.

2. At the end of the year, the company _____ each employee's individual performance.

3. After finally coming to an agreement on the issue, the group was able to _____ the next topic.

4. The presentation included several _____ which made the information more clear.

5. We need to stop spending so much money because we are almost over the _____.

6. It was not polite of Kelly to _____ while the boss was giving a talk.

2 請選出適合的單字或句子置入以下的電子郵件中，使其語意完整。

To: salesstaff@psx.com

From: Rachel_l@psx.com

Subject: Meeting on 6/15

Dear Staff,

Thank you to everyone who attended yesterday's meeting regarding last year's __❼__. Thanks to the Directors of Sales, Peter Dearman, for his in-depth analysis. Appreciation must also go to our overseas partners who participated remotely, as the connection was quite unstable at times. __❽__ I think we can all agree that Mark Foster's presentation was very eye-opening as well, and a number of valid points were raised during the __❾__. I've attached the __❿__ to this message, as a detailed record for those who were unable to make it.

Good job everyone. I believe we can all move on to the next year with optimism.

Rachel Langford

_____ 7. (A) brainstorming ideas   (B) sales figures
         (C) loyal customers   (D) Internet connection

_____ 8. (A) So thank you for your patience.
         (B) I hope I'm not interrupting you.
         (C) It's been one of our best regions.
         (D) Please take a look at this diagram.

_____ 9. (A) agenda   (B) participant   (C) equipment   (D) session

_____ 10. (A) purposes   (B) attendees   (C) minutes   (D) subjects

Part 4

Marketing and Planning
行銷與企劃

4-1 Promoting a Product
促銷方案

Track 22

> We're gearing up[1] for a big promotion[2] and hope to maintain[3] a certain level of excitement[4].
>
> 我們正卯足全力準備一場大型促銷活動,並希望能維持某種程度的消費刺激。

> First of all[5], we have to define[6] our target customer[7].
>
> 首先,我們必須要確定我們的目標客群。

① gear up *phr.* 全力準備

- The goal is to gear up for launching the new product by the end of the month.

  目標是要在月底前準備好推出新產品。

説明 gear 可作名詞或動詞。作名詞時指「裝備；齒輪」，動詞則指「利用齒輪聯動；使適應」。gear up 原為「將一切所需裝備準備好」之意，後接 for (N./V-ing) 便是指「準備好進行某項任務」。

搭配 camping 露營用具
fishing 釣具
rain + gear 雨具
sports 運動裝備

② **promotion** [prə`moʃən] *n.* **促銷活動；宣傳**

- **There is a promotion for a new computer game at the department store this weekend.**
  這間百貨公司本週末有一場新電腦遊戲的促銷活動。

衍生 **promote** *v.* 宣傳；促銷
衍生 **promotional** *adj.* 宣傳的；推銷的

cashback *n.*
現金回饋

Promotion
促銷

discounts *n.*
折扣

(redeem) reward points
phr. （折抵）紅利點數

Up to 70% Off Everything
全面三折起

Buy two get one free
買二送一

Buy two for the price of one
(= Buy one get one free)
第二件免費（＝買一送一）

Buy one get a second
item 40% off
第二件六折

③ maintain [men`ten] *v.* 保持

- **In the training sessions, we learned how to maintain close relationships with our customers.**
  在培訓期間，我們學習到如何和客戶保持緊密的關係。

衍生 **maintenance** *n.* 維修；保持

④ excitement [ɪk`saɪtmənt] *n.* 刺激；興奮

- **A good advertisement can generate excitement for a new product.**
  一個好的廣告可以刺激新產品的銷售。

說明 不只各行各業的商家卯足全力刺激買氣，當經濟普遍不景氣時，政府便會推動全國性的政策來推動經濟，以求維持市場的熱絡（excitement）。來學學以下這些振興經濟的相關字詞吧！

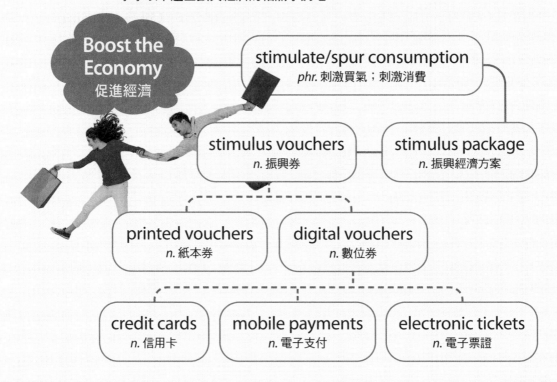

Boost the Economy
促進經濟

stimulate/spur consumption
phr. 刺激買氣；刺激消費

stimulus vouchers
n. 振興券

stimulus package
n. 振興經濟方案

printed vouchers
n. 紙本券

digital vouchers
n. 數位券

credit cards
n. 信用卡

mobile payments
n. 電子支付

electronic tickets
n. 電子票證

⑤ first of all *phr.* **首先；第一**

- That's a terrible idea for a company name. First of all, it's very difficult to spell.

  公司用那個名字是個很糟的主意。首先，這個名字很難拼。

(同義) **to begin/start with**、**for starters** *phr.* 首先

職場達人小教室

在發表意見時，可以適時使用一些轉折語來讓自己闡述的論點更有組織性。

首先   first (of all)、firstly、in the first place、for one

第二、第三   接著

second(ly)、third(ly)   next

除此之外   what's more、furthermore、moreover

就我而言   as far as I'm concerned、in my opinion

最後   finally、lastly、last but not least、last but/yet most important

結論   in conclusion、in brief、in summary、to sum up

⑥ define [dɪˋfaɪn] *v.* **使明確；給……下定義**

- At the job interview, the company manager defined the functions of the position.

  在工作面試時，該公司經理明確說明了這個職務的職責。

(衍生) **redefine** *v.* 重新定義（字首 re- 有「再；重新」之意）
(衍生) **definition** *n.* 定義

7 target customer [ˋtɑrgɪt] [ˋkʌstəmə] n. 目標客群

- **Market research will help us tap into our** target customers **to understand them.**

  市場調查能讓我們開發目標客群進而了解他們。

說明 target 在此作名詞，指「目標；對象」。target customer/audience 指公司產品主要的訴求對象。

- The company made a **target** of wealthy people.

  這間公司將目標鎖定在富有的人。

  target 亦可作動詞用，指「以⋯⋯為目標（或對象）」。

- The ad **targets** millennial customers.

  這則廣告鎖定千禧世代的顧客。

職場達人小教室

想要確定某項產品的目標市場或客群，通常有以下幾項作法：

1. Look at your current customer base 檢視目前的顧客群

了解目前購買該產品的主要顧客族群為何，以及他們有什麼共通的特性。其他相似族群的人也很有可能會對你的產品或服務感興趣。

2. Check out your competition 察看競爭對手

了解競爭對手的目標市場為何。不要一味的只想著投入相同的市場，你可能會找到競爭對手忽略的利基市場（niche market），進而另闢藍海，開發出全新的市場。

3. Analyze your product/service 分析自家產品與服務

條列自家產品或服務的特色（features），並在每項特色旁邊寫下所提供的好處（benefits）。例如某英語學習產品的特色之一是提供線上數位學習，那麼慣用3C 產品的族群就可能是該公司的目標客群。

4. Choose specific demographics to target 選擇鎖定特定族群

demographics 指「人口統計資料」，通常包含潛在顧客的性別（gender）、年齡（age）、收入（income level）、教育程度（education level）、職業（occupation）及婚姻或家庭狀態（marital or family status）等。行銷團隊可藉由分析這些資料找出「需要」或會實際「購買」公司產品的顧客群。

4-2 Market Research
市場調查

For this campaign[1], we are targeting consumers[2] in the 25 to 40-year age range[3].

這個活動我們將目標放在二十五至四十歲區間的消費者。

Track
23

I'll have the questionnaires[4] designed by the end of this week.

我會在這週結束之前將問卷設計好。

① **campaign** [kæm`pen] *n.*
（有商業或政治目的的）活動

• The ad campaign was responsible for a 15 percent increase in sales.

這個廣告宣傳活動促成百分之十五的銷售增長。

説明 campaign 亦可作動詞，表「（為達某特定目的而）從事、發起活動」。
- The labor union **campaigned** for workers' rights.
  工會發起了提倡勞工權益的活動。

衍生 **campaigner** n.（政治或商業）活動的發起者

搭配
ad
promotional } + **campaign**
廣告宣傳活動
促銷活動

---

❷ consumer [kən`sumɚ] n. 消費者

- **The supermarket offers special deals to make consumers buy more.**
  那間超市提供特賣以促使消費者多買一些東西。

衍生 **consume** v. 消費；購買（產品）；攝取（食物）
衍生 **consumption** n. 消費；消費量

搭配 **consumer** + {
group 消費族群
item/goods 消費品；民生物品；日用品
demand 消費者需求
advice 消費者意見
}

---

❸ range [rendʒ] n. 範圍

- **Sales in the 25 to 40 age range have been steadily increasing since last year.**
  二十五至四十歲年齡層的銷售額從去年開始就一直穩定增加。

説明 range 亦可作動詞，後面加介系詞 from，指「（在數量、種類等範圍內）變化」。
- Prices **range from** ten to fifty dollars.
  價格從十元到五十元不等。

片語 **a wide range of** 各式各樣的

搭配
age
price
temperature } + **range**
年齡層
價格範圍
溫度範圍

25°C

5°C

4 questionnaire [ˌkwɛstʃəˋnɛr] *n.* **問卷**

- **We used an online** questionnaire **to screen applicants for job openings.**
  我們利用一份線上問卷來審核應徵職缺的人。

職場達人小教室

問卷是市場調查的其中一種方式，以下列出其他的市調方式及其優缺點：

Personal Interviews (face-to-face) 親訪

優點	• let the interviewee feel and taste a product 讓受訪者能體驗或品嚐產品 • able to find the target population 能找到目標族群
缺點	• cost per interview is higher than other methods 每次訪問的成本較其他方式高

Phone Surveys 電話訪問

優點	• people can usually be contacted faster over the phone 透過電話通常能較快聯絡到人 • random contact by phone is possible 可隨機撥打電話
缺點	• not all contacted persons will opt to be interviewed 並非所有被聯繫的人都願意受訪 • products cannot be seen, touched, or tasted by phone 無法透過電話看到、摸到或品嚐產品

Online Surveys 線上調查

優點	• surveys can get thousands of hits within a few hours 調查可於幾個小時內被上千人瀏覽 • surveys usually have no additional cost after set up （網路問卷）經設定後，通常不會有額外的調查花費
缺點	• easy to quit questionnaire in the middle 較容易在中途放棄填寫問卷 • no control over who answers survey 無法掌控受訪對象

4-3 The Results
市調結果

Track
24

This is the report on the findings[1] of our investigation[2]. It is likely that the product will find acceptance[3] in our potential[4] market.

這是我們調查結果的報告。這項產品在我們的潛在市場很可能具有接受度。

① finding [ˋfaɪndɪŋ] *n.* 調查結果；研究發現（常用複數）

- **The information from this report is consistent with our research findings.**

  這個報告的資訊和我們的研究結果一致。

② investigation [ɪnˌvɛstəˈgeʃən] *n.* **研究；調查**

- **The theft of company secrets required not only a police investigation, but an internal one, too.**
  公司機密遭竊不只需要警方調查，也需要內部調查。

(衍生) **investigate** *v.* 調查　　　　　(衍生) **investigator** *n.* 調查人員
(片語) **under investigation** 進行調查中

(說明) investigation 常指針對罪案或問題，為了找出真相所做的調查，可搭配
動詞（片語）carry out 或 conduct 來表示「進行調查」。

- **The FBI agent carried out the investigation with the help of local police.**
  聯邦調查局探員在當地警方的協助下進行了這項調查。

③ acceptance [əkˈsɛptəns] *n.* **接受；歡迎**

- **As one of the few female managers in the tech company, Jane fought hard for acceptance.**
  身為那間科技公司少數的女性主管之一，珍努力爭取得到接納。

(衍生) **accept** *v.* 接受；接納　　　　(衍生) **acceptable** *adj.* 可接受的

④ potential [pəˈtɛnʃəl] *adj.* **潛在的；可能的**

- **As part of her job, Betty has to make cold calls to potential clients.**
  貝蒂工作上的一部分職責是必須針對潛在客戶進行陌生電訪。

(說明) potential 亦可作名詞，指「潛力；可能性」。

- **Ms. Paulson has a talent for seeing the potential in her employees.**
  鮑爾森女士有看出員工潛力的才能。

(衍生) **potentially** *adv.* 潛在地；可能地

搭配　**potential buyer/customer/client 潛在買主／客戶**

Methods of Advertising 宣傳方式

Track 25

Internet ads will catch consumers who are browsing[1] the web, and we'll use billboards[2] to catch the attention of offline[3] users.

網路廣告會吸引正在上網的消費者，而我們將利用廣告看板來吸引離線使用者的目光。

More online advertising would be great for improving brand recognition[4].

增加網路廣告應該能大大增進品牌辨識度。

❶ browse [brauz] v. 瀏覽；隨意觀看

- Job seekers often browse the want ads for job opportunities.
  求職者通常會瀏覽徵才廣告尋找工作機會。

(衍生) browser n. 瀏覽器

職場達人小教室

browse 這個動詞除了指「瀏覽」網路之外，也可以指「（在商店裡）隨意看看」。所以當賣場的服務人員主動問 Is there anything I can help you with?「需要我的幫忙嗎？」或 Are you looking for something in particular?「您在找什麼特別的商品嗎？」，便常聽見顧客回答：No, I'm just browsing/looking.「我只是看看。」。為了不打擾顧客血拼，這時銷售人員便可以回應：Let me know if you need any help.「需要幫忙時再跟我說。」

---

② billboard [ˋbɪlˏbɔrd] n. 廣告看板；廣告招牌

- **The bright colors grab people's attention as they drive past the billboard.**

  當人們開車經過那個廣告看板時，明亮的顏色吸引了他們的注意。

職場達人小教室

廣告在生活中隨處可見，但各類廣告的英文說法
為何呢？以下提供常見的廣告形式：

Electronic Advertising Methods 電子媒體廣告

- Internet ad 網路廣告
- radio commercial 電台廣告
- banner ad（網路）橫幅廣告
- pop-up ad（網路）彈出式廣告
  （或寫作 pop-ups）
- TV commercial/spot
  電視廣告／廣告插播

Printed Matter 平面廣告

- billboard 廣告看板
- brochure 宣傳手冊
- car card 車廂廣告（亦稱為 on-carriage ads）
- direct mail advertising 直接廣告信函（或稱為 direct mailer，即口語常說的 D.M.）
- magazine/newspaper ad 雜誌／報紙廣告
- flyer/leaflet 傳單
- poster 海報

3 offline [ˋɔfˏlaɪn] *adj./adv.* 未連接網際網路的；離線地

- **People are freaking out because Instagram is currently offline.**

  由於 Instagram 目前斷線中，人們都崩潰了。

反義 **online** *adj./adv.* 網路的；上網地

職場達人小教室

隨著電子商務崛起，你一定聽過 B2B、B2C、C2C 這些英文簡稱，而 O2O 又代表什麼呢？以下就帶你一次看懂。

 **business to business**

「商家對商家進行交易」，是企業與企業交易的商業模式。例如中國的阿里巴巴就是知名的 B2B 平台，讓企業有機會在上面接觸到潛在的客戶或買家。

 business to consumer

「商家對個人進行交易」，也就是直接面向消費者銷售產品和服務的商業零售模式。像台灣的 Yahoo! 奇摩購物中心、PChome 線上購物、博客來網路書店或 momo 購物網等都是屬於 B2C 網站。

C2C consumer to consumer

「個人對個人進行交易」，知名的 C2C 平台包括 Yahoo! 奇摩拍賣、露天拍賣、淘寶網、eBay 等。在這些平台上個人消費者可以販售商品給其他消費者。

 **O2O online to offline**

「離線商務模式」，指將客流從線上引到線下實體通路，常見的模式為「線上購買、線下體驗」，如 Uber、Airbnb 等都是知名案例。加上連字號則成為形容詞 online-to-offline。

④ brand recognition [brænd] [ˌrɛkəgˋnɪʃən] *n.*
品牌辨識度；品牌知名度

- **We're going to have billboards and a double page spread in a magazine to create** brand recognition.

   我們會用廣告看板和某雜誌的跨頁廣告來建立品牌辨識度。

(衍生) **recognizable** *adj.* 可識別的；辨識度高的

(說明) brand 指「商標；品牌」，當兩個以上的品牌為了增加彼此的效益而進行聯合銷售或宣傳，就是所謂的「品牌結合；品牌連盟」，英文是 co-branding。

職場達人小教室

一個品牌要取得成功可不是件容易的事。一般而言，除了增加品牌辨識度之外，還可從以下幾個層面來著手：

cost control 成本控制
從原料、生產到運送，盡量不錯過任何一個可以降低成本的環節。但在維持低成本、低售價的同時，也努力提高產品品質，藉此兼顧品牌聲譽和價格競爭力。

democratic design 採大眾化設計
所謂的「大眾化設計」就是兼具設計感、低售價及實用性，具備這三項原則的產品可滿足大部分消費者的需求。

customer accessibility 貼近消費者
將商品資訊透明化，消費者可透過網站或型錄等清楚看到每項商品的價格、材質、尺寸等資訊，就能有效避免消費者購入商品後產生商品與預期有所落差的負面觀感。

4-5 Advertising Appeal
廣告訴求

Track 26

We'll demonstrate[1] its usefulness[2] for the entire family.
我們會展現它對整個家庭都很有用。

We can also present[3] its new user-friendly[4] features[5].
我們也可以展示它新的人性化功能。

① demonstrate [ˋdɛmənˏstret] *v.* 展現；演示

- **The sales rep is demonstrating how to use the software at the trade show.**
  業務代表正在貿易展上示範如何使用這套軟體。

(同義) **show**、**display** *v.* 展示；展出；顯示

(衍生) **demonstration** *n.* 演示；示範

(衍生) **demonstrator** *n.* 簡報者；示範者

(說明) demonstrate 與 demonstration 分別是動詞與名詞，兩者都可以簡稱為 demo。

- PriceWise representatives will **demo** their new copy machine.
  普來斯懷茲公司的代表將展示他們的新型影印機。（demo 為動詞）

- The presentation-software **demo** will start at four o'clock.
  這個簡報軟體的展示將從四點開始。（demo 為名詞）

---

② usefulness [ˋjusfəlnəs] *n.* **有益；有用**

- **The salesperson showed us the product's usefulness.**
  這名業務員向我們展示了產品的好用之處。

(反義) **uselessness** *n.* 無用；無效

(衍生) **useful** *adj.* 有用的；有效的

(說明) 英文中有些名詞後面會接 -ful 形成形容詞，再接 -ness 則會變為名詞。
-fulness 通常用來代表某種心情或狀態，其他同字尾的單字還有：

- **carefulness** *n.* 細心；謹慎
- **meaningfulness** *n.* 有意義
- **peacefulness** *n.* 平靜；寧靜
- **thankfulness** *n.* 感謝之心；謝意
- **truthfulness** *n.* 誠實；真實

---

③ present [prɪˋzɛnt] *v.* **呈現**

- **We would be pleased to present our services to you and your associates in detail.**
  我們將樂於向您及您的同事詳細報告我們的服務項目。

(衍生) **presentation** *n.* 報告

(說明) present 作動詞也有「贈與」的意思。此外，作名詞時，發音為 [ˋprɛzn̩t]，可表示「禮物」或「現在」。也可以作形容詞，發音同名詞，表示「出席的；在場的」。

- The judge **presented** the winners with medals.
  裁判把獎牌送給獲勝者。（動詞）
- My coworkers gave me a **present** on my birthday.
  我的同事們在我生日時送我一份禮物。（名詞）
- If you want to change something, there is no better time to do it than the **present**.
  如果你想有所改變，沒有比當下更好的時機了。（名詞）
- Many companies were **present** at the event, showcasing their latest products.
  許多公司出席這場活動來展示他們的最新產品。（形容詞）

4 user-friendly [ˈjuzəˈfrɛndlɪ] *adj.*
容易使用的；人性化的

- **The new operating system is considerably more user-friendly than the old one.**
  新的作業系統比舊的好用多了。

說明 -friendly 當字尾有「對……友善的；對……有利的」等意思，其他同字尾的單字還有：
  - **eco-friendly** *adj.* 環保的
  - **environmentally-friendly** *adj.* 環境可接受的；對環境無害的
  - **family-friendly** *adj.* 適合全家的
  - **senior-friendly** *adj.* 方便老人使用的
  - **tourist-friendly** *adj.* 方便觀光客使用的

5 feature [ˈfitʃə] *n.* 特色；功能

- **The new car has a few added features, such as a GPS and a mini TV.**
  這款新車有一些新加的特色，像是衛星導航系統和迷你電視。

說明 feature 也可以當動詞，表示「以……為特色」。
  - The printer **features** an LCD screen.
    這台印表機以配備有液晶螢幕為特色。

4-6 Timeframe 廣告時程

Track 27

> We'll air[1] the first TV commercial[2] the day our product goes on the market[3]. Radio and Internet ads will run[4] daily starting in September.
>
> 我們的產品上市那天就會播出第一支電視廣告。電台和網路廣告則從九月開始每天露出。

---

1 **air** [ɛr] v. （廣播、電視節目等）播出；播送

- **My favorite sitcom airs on Monday nights at nine o'clock.**

  我最喜歡的情境喜劇在星期一晚上九點播出。

說明 air 也可以作名詞，除了當「空氣」以外，也可以表示「氛圍」。此外，be on/off (the) air 則表示「（廣播、電視節目等）正在/停止播出」。

- **The director Alfred Hitchcock was an expert at building an air of suspense.**

  導演希區考克在打造懸疑的氛圍上是位專家。

- The interview will **be on air** on Sunday.
  這個訪問會在星期天播出。
- The show **was off the air** last year.
  這個節目去年就停播了。

(同義) **broadcast** v. 播送

職場達人小教室

有創意的廣告行銷手法，往往能成功擄獲消費者的心，並為產品帶來收益。
以下提供其他一些實用的廣告行銷詞彙：

premiere	（電影或電視節目等的）首映；首播
jingle	廣告標語音樂
plug	（在廣播或電視中）一再宣傳或大打廣告；【口】（廣播或電視的）插播廣告
selling point	賣點；（吸引顧客的）產品特色；銷售特色
product placement	產品置入；置入性行銷
slogan	簡短醒目的廣告語
spokesperson	代言人；發言人
roadblock	原指「路障」，在傳播或廣告業中指「電視聯播的節目或廣告」。例如多家電視台在同一時段播映同樣的節目，或是在各家電視台某廣告的曝光率很高。隨著入口網站的興起，現在 roadblock 也指廣告主以高價在各大網站的首頁刊登全天廣告，稱為「網路聯播」。

② # commercial [kəˋmɝʃəl] *n.* （廣播或電視的）商業廣告

- **The TV commercial exaggerates the product's benefits.**
  這個電視廣告誇大了產品的好處。

說明 也可作形容詞用，表示「商業的」。常被稱為 CF 的「廣告影片」，完整名稱就是 commercial film。

- We need to complete testing of these items before we make them available for **commercial** use.
  我們必須先完成這些品項的測試，才能開放將它們用於商業用途。

衍生 **commerce** *n.* 商業；貿易
衍生 **commercialize** *v.* 使商業化
衍生 **commercialization** *n.* 商品化；商業化

搭配

prime-time fringe-time	} + commercial	黃金時段（一天中觀眾最多的時段）的廣告 非黃金時段（黃金時段前後觀眾較少的時段）的廣告

比較

	電視、廣播中的商業廣告
commercial	We're looking for an actress for a food **commercial**. 我們正在找一位拍攝食品廣告的女演員。
advertisement	**大多指印刷品如報紙、雜誌上的廣告、海報、文宣等平面廣告以及網路廣告，但亦可泛指各種廣告方式，如 commercial 也可稱作 TV/radio advertisement。**
	My job was to distribute **advertisements** to people on the street. 我的工作是分送廣告傳單給街上的人。

職場達人小教室

近年來越來越蓬勃發展的電子商務，英文即為 e-commerce；提供網購服務的網站就稱為 e-commerce platform「電子商務平台」。字首 e- 表與「網路（商業行為）」有關，其他同字首單字還有 **e-cash「電子錢幣」**、**e-book「電子書」**、**e-ticket「電子票券」** 等。以下提供一些電子商務的相關單字：

vendor/supplier
n. 賣家

bargain
n. 便宜商品；特價商品

buyer/shopper
n. 買家

E-Commerce
電子商務

coupon *n.* 折價券

coupon/promo codes
n. 折扣代碼

free delivery/shipping
phr. 免運費

group/collective buying
n. 團購

cash on delivery
phr. 貨到付現

direct shipping
phr. 直接運送

3 go on the market *phr.* 上市

- **Most cutting-edge products are expensive when they first go on the market.**
  大部分最先進的產品在剛上市的時候都很貴。

說明 on the market 本身是「在市場上；出售中」的意思。如果說 put sth. on the market 則表示「將某物出售」。

- The car company's new fleet of minivans is number one **on the market.**
  這間車廠新出的多功能休旅車在市場上銷售第一。

- Mr. Jones thinks it is a good time to **put** his house **on the market.**
  瓊斯先生認為現在是出售他房子的好時機。

比較

go on / hit the market (= hit the shelves)	表「產品上市」。hit the shelves 則以「放到／抵達架上」的字面意義引申形容商品「上市；上架」。
	When is that new computer game hitting the market? 那款新電腦遊戲何時上市？
go public	指「股票公開上市；公開發行股票」的意思。
	The company went public to raise new capital. 這家公司為了籌措新資金將股票上市。

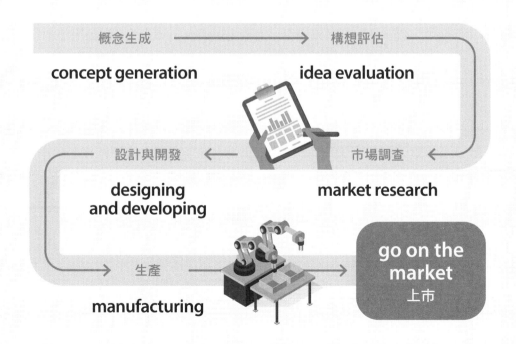

概念生成　　　　　　　→　　　　　構想評估
concept generation　　　　　　　**idea evaluation**

設計與開發　←　　　　　市場調查　←
designing and developing　　　　　**market research**

生產　　　　→
manufacturing

go on the market
上市

4 run [rʌn] v.（廣告、文宣或節目等）刊登；露出

- **Our client would like to see this ad run on both local and national television.**
  我們的客戶想要在當地和全國的電視上都能到這個廣告的露出。

> **說明** 一般都知道 run 是「跑」的意思，但它還可表許多其他不同的意思：

經營

- **Jeff runs a small restaurant.**
  傑夫經營一間小餐廳。

（工作等）進行

- **Jessica said that she was running a few minutes behind schedule.**
  潔西卡說她會比預定時程晚幾分鐘。

運轉；運作

- **All of the machines in the factory are running.**
  工廠裡所有的機器都在運轉中。

執行

- **You should run the program after you install it.**
  你下載完那個程式後應該要執行它。

Give It a Try

1 請選出適合的單字或片語置入以下的群組對話中，使其語意完整。必要時
請作適當變化。

demonstrate	excitement	feature
gear up	go on the market	range

Karen

Let's start ❶ _____ for the VIP event. When are the high
level influencers arriving? I mean the ones in the ❷ _____
of 100,000 to 500,000 social media followers.

Peter

They're arriving at 8:30 p.m.

Karen

OK, and Darren is going to ❸ _____ the watch's
features at 9 p.m., right?

Peter

Yes. Have you got seven minutes for us on that, Darren?

Darren

With all the new ❹ _____ we've got a lot to talk about.
The only issue will be getting through it quickly enough.

Peter

The video is only seven minutes long, so make sure it doesn't go over.

Darren

Don't worry. I'll find a way to fit everything in!

Peter

OK. Can you get a script for your presentation to me by Friday? And
mention that this isn't even ❺ _____ for another two months.
We need to make them feel special about being the first ones to see it.

Darren

Got it. I'll build up the ❻ _____ as much as possible.

The results of the customer ❼ for our new earphones are in. Feedback was generally positive, with lots of people praising the design, as well as the sound quality. These were our two main concerns, so we've done our job there. ❽ First of all, feedback on the comfort/fit was not great. 10% of ❾ complained about the earphones not fitting properly in their ears, and sometimes falling out. Another problem was with the Bluetooth connection feature. The earphones did not always manage to successfully pair with the ViewZone operaring system used on Mansung phones. As Mansung phones are growing in popularity among our ❿ , this is an issue that must be addressed before the product goes on the market.

_____ 7. (A) campaign　　　　　　　(B) commercial
　　　　　 (C) acceptance　　　　　　(D) questionnaire

_____ 8. (A) However, we did receive some good comments about the way it looked and sounded.
　　　　　 (B) We will be launching an investigation into those areas to find out what went wrong.
　　　　　 (C) However, there were a few negative findings which require attention.
　　　　　 (D) The commercial will air a few times in the evening during a basketball game.

_____ 9. (A) consumers　　　　　　　(B) spokespersons
　　　　　 (C) usefulness　　　　　　　(D) billboards

_____ 10. (A) direct shipping　　　　　(B) coupon codes
　　　　　　 (C) target customers　　　　(D) brand recognition

Part 5

Client Relationships

客戶往來

5-1 Receiving Clients
迎接客戶

> It's a pleasure[1] to finally meet you in person[2], Mr. Jackson.
> 很榮幸終於能見到您本人，傑克森先生。

> Just call me Max, please. So what's on the agenda[3] for today?
> 請叫我馬克斯就可以了。那麼今天的議程包含哪些議題呢？

---

① **pleasure** [ˋplɛʒɚ] *n.* 榮幸；樂事

A: It's an honor for me to meet you, Mr. Smith.
很榮幸見到你，史密斯先生。

B: The pleasure is all mine.
那是我的榮幸。

說明 It's my pleasure. 或 The pleasure is (all) mine. 是初次見面打招呼時較為正式的回應，也可以簡單說成 My pleasure.。另外，如果有人向自己道謝，也可以說 My pleasure.，表示「我的榮幸；樂意之至」之意。

- *A:* Thanks for doing that for me. 謝謝你幫我處理那件事。
  B: **My pleasure.** 我的榮幸。

片語 **have the pleasure of + V-ing** 有幸能夠……；很高興能做……

職場達人小教室

在職場和社交場合與他人適度地寒暄可以使交流更順暢，以下提供其他與客戶見面時可派上用場的客套話：

- Thank you for seeing me on such short notice.
  謝謝您在這麼短的時間內和我會面。

- It's a pleasure to finally meet you. I've heard so much about you.
  很榮幸終於能見到您。真的是久仰大名了。

- This meeting is a good opportunity for both of us.
  這次見面對我們雙方都是個好機會。

2 **in person** *phr.* **親自；本人**

- **I would love to speak with you** in person.
  我很樂意當面和您說明。

同義 **personally** *adv.* 親自；本人直接地

說明 in person 加上連字號就變成形容詞，例如：in-person product demo「親身產品示範」，強調由本人示範產品的使用方式並介紹產品特色；in-person meeting「面對面的會議」則指人們真正見面所進行的會議。相對於 in-person meeting 的便是目前越來越盛行的 virtual meeting「虛擬會議」，也就是透過電腦設備、視訊軟體來開會，與會人士並不需要真正碰到面。此外，如果先前與對方僅止於電話或書信往來，之後才見到本人，便可以運用以下這些說法來開啟對話：

- It's great to meet you in person. 很開心見到你本人。

- It's great to meet you face to face. 很開心能和你面對面。

- It's nice to finally put a face to the name.
  很開心終於見到你的廬山真面目了。

put a face to the name
字面意思是「將某人的名字和臉孔對上」。

119

職場達人小教室

與客戶會面的禮節非常重要，以下提供一些會面時的注意事項：

Stand to greet someone 起身打招呼
客戶來了你還坐著會讓對方覺得被輕視。

Use honorific titles 使用尊稱
在對方允許你使用暱稱前，最好用尊稱稱呼對方（如 Mr. 或 Ms.）。

Shake hands 握手
和客戶握手時，要一直看著對方，
力道堅定（firmly）。

Smile 微笑
笑容總是能拉近人與人之間的距離。

Make eye contact
眼神交流
誠懇的眼神能給對方好印象，躲避對方視線只會讓對方覺得你在隱藏什麼、似乎無法信任。

---

③ agenda [əˋdʒɛndə] *n.* 議程；待議事項

- **Please e-mail me a copy of the meeting's agenda.**
  請用電子郵件寄一份這場會議的議程給我。

搭配

be high on		為首要議題
be top of	+ the agenda	為首要議題
set		決定議事內容
on		在計畫中；在行程中

也可說 on the docket、on the schedule

5-2 Asking a Visitor to Wait 請訪客稍待

Track 29

> **Please have a seat[1]. Mr. Turner will be with you in a moment[2].**
> 請坐。透納先生一會兒就可以見您。

> **OK. I don't mind[3] waiting.**
> 好。我等一下沒關係。

> **Would you care for[4] some coffee or tea while you wait?**
> 等待的期間您想要喝點咖啡或茶嗎？

① have a seat *phr.* 坐下

- **Relax and have a seat while I pour you a cup of tea.**
  我幫您倒杯茶的同時，請坐下休息吧。

(同義) **sit down** *phr.* 坐下

seat 是「座位；座椅」的意思。have a seat 就是請對方找個位子坐，也可以用 take a seat。此外，seat 也可以作動詞，表示「使就座」。

- The waiter **seated** us at a nice table with a view of the gardens.
  服務生讓我們坐在一個可以看到花園的好位子。

職場達人小教室

要請訪客稍作等待時，還可以使用以下幾個句子：

- Would you like to have a seat for a few moments?
  您想要稍坐片刻嗎？

- Feel free to sit and relax for a minute.
  請隨意找位子休息一下。

- Welcome to Net Life. Mr. Wilson will be with you in a few minutes.
  歡迎光臨網路生活公司。威爾森先生等一下就會過來。

- Please have a seat. Mr. Jones will see you shortly.
  請坐。瓊斯先生馬上就會來見您。

- I'll see if Mr. Lee is available. Please have a seat.
  我去看看李先生在不在。請坐。

- Mr. Cage just stepped out. Would you like to wait in his office?
  凱吉先生剛出去。您要在他辦公室等他嗎？

❷ in a moment *phr.* 一會兒；很快

- **Please wait here. Your table will be ready in a moment.**
  請在這裡稍等一下。您的桌子一會兒就準備好。

(同義) **at any moment** *phr.* 隨時

(同義) **right away** *phr.* 馬上；立刻

(說明) moment 為名詞，表示「片刻；瞬間」，可指極短的時間，故 in a moment 即是「一會兒；一下子」的意思。如果要請對方稍等一下，還可以說 Just a moment, please. 或 One moment, please.。以下補充與 moment 有關的其他常用片語：

at the moment 目前；此刻（= **now**、**at present**）

• I can help you in about half an hour, but **at the moment** I'm busy.
我大約半小時後能幫你，但我現在很忙。

for the moment 暫時；就目前而言
（= **for the time being**）

> 暗示未來情況很可能改變。

• We will get new laptops soon, but **for the moment**, we will use the old ones.
我們很快就會拿到新的筆電，不過目前我們會先用舊的。

---

3 don't mind *phr.* **不介意**

• **I don't mind taking the train to work because I get to read.**
我不介意搭火車上班，因為這樣我可以看書。

(說明) mind 在此為動詞，表示「介意」，常用在疑問句和否定句中，後面可以接名詞或動名詞（V-ing）。此外，never mind 則表示「沒關係；不用介意」，類似 it doesn't matter 或 don't worry。

• I **don't mind** the long drive. It's the rain that bothers me.
我不介意開長途車。讓我覺得煩的是下雨。

• I **don't mind** covering for you this once, but please don't make a habit of it.
我不介意這次幫你處理這件事，但請不要因此養成習慣。

• *A:* What did you say? I didn't hear you.
你剛才說什麼？我沒聽見。

B: **Never mind.** It wasn't important.
沒關係。不是什麼重要的事。

4 care for *phr.* 想要（用於禮貌地提議或是建議）

- **Would you care for another drink before your meal?**
  您要不要再來一杯餐前飲料呢？

  > **說明** 很多人一看到 care 就以為是「關心；在乎」的意思，但其實 care 也可用來表達「想要」，例如 care to＋V. 就是「想要／喜歡／願意（做⋯⋯）」。用 care for 或 care to 在語氣上顯得正式且客氣，因此在接待客戶時會很實用喔。此外，care for＋N. 還有「照顧；照料」的意思。

- We're having a little get-together after work tonight if you **care to** join us.
  如果您有意參加的話，我們今天下班後有個小聚會。

- Marie doesn't **care for** Mexican food, so I doubt she'll want to go out to the Mexican restaurant with us.
  瑪莉不喜歡墨西哥食物，所以我不認為她會想和我們去那家墨西哥餐廳。

- We hired a nurse to **care for** our sick mother.
  我們雇用了一名看護來照顧生病的媽媽。

職場達人小教室

與訪客約好要會面的對象如果因故有所耽擱，導致訪客抵達後還得再額外等待時，接待人員除了提供基本的茶水、咖啡等飲料之外，最好也要友善地告知延誤的原因，避免訪客覺得不受尊重而感到不悅。再多學幾句接待訪客的好用句吧！

主動提供飲料或其他服務

- May I get you a coffee or tea while you wait?
  您等候時要喝點咖啡或茶嗎？
- May I offer you something to drink while you wait? 您等候時要喝點東西嗎？
- If there's anything else you need, please let me know. 如果您有其他需要，請告訴我。

說明耽擱的原因

- Ms. Teller is still in a meeting.
  泰勒女士現在還在開會。
- The last meeting took longer than expected.
  上一場會議比預期開得更久。
- Mr. Adams was called away on urgent business.
  亞當斯先生有急事外出。

(5-3) **Promoting the Products** 介紹與推銷

Track 30

> **Please take a look at our latest catalog[1].**
> 請看一下我們最新的型錄。

> **Is there any special offer[2]?**
> 有什麼特別的優惠嗎？

> **We're offering a special deal[3] that I believe you'd be interested in[4].**
> 我們有提供一個特惠方案，我相信你們會感興趣的。

1 catalog [ˋkætəlɔg] *n.* **型錄；目錄**

- **A catalog should have accurate descriptions of items, but shouldn't necessarily list prices.**
  一份型錄應該要有精確的品項描述，但不一定須列出價格。

説明 英式拼法為 catalogue。catalog 亦可當動詞，指「將……編入目錄」。

- We use a computer to **catalog** the stock.
  我們用電腦將庫存編入目錄。

搭配 product
clothing $\Big\}$ + **catalog** 產品型錄
服裝型錄

職場達人小教室

除了紙本的型錄之外，現今許多公司也備有電子型錄（electronic catalog，或簡稱為 e-catalog），方便提供給對產品有興趣的潛在客戶，以求增加談成生意的機會。來看看提供、索取型錄的時候可以怎麼說：

The Banto Company electronic catalog is attached, including the current list of prices.
附上班托公司的電子型錄，內含最新的價目表。

Please send us your newest catalog as well as your current price list.
請將貴公司最新的型錄和現行的價目表寄給我們。

Could you please send two copies of your latest catalog to our office address?
能請您寄兩份最新的型錄到我們辦公室的地址嗎？

---

2 offer [ˋɔfɚ] *n.* 折扣；出價

- **This special offer is just for our members.**
  只有我們的會員才享有特價。

片語 make an offer（尤指為購買房產）出價；報價

說明 除了上面的意思，offer 作名詞時亦可指「提議」；此外，offer 也可作動詞，表示「提供；主動提出」。

- Please consider the **offer** before you give an answer.
  在你做出回覆前，請考慮一下這個提議。

- Steve **offered** me a new job.
  史帝夫提供我一份新工作。

---

③ deal [diːl] *n.* 交易；優待

- **The clerk gave me a good deal on a TV.**
  店員以一個好價錢把電視賣給了我。

(衍生) **dealer** *n.* 業者；商人
(衍生) **dealership** *n.* 經銷商
(片語) **sign a deal** 簽約
(片語) **sweeten the deal** 使交易、買賣更吸引人

搭配
```
close
cut
reach  } + a deal   完成協議；達成交易
seal
strike
```

說明 如果直接講 Deal.，就表示「成交」。deal 也可作動詞，三態為 deal-dealt-dealt。常用片語 deal with 最常指「處理；應付」，但也有「和……打交道、做買賣」的意思。

- *A:* I'll give you three for the price of two.
  買三個我就算你兩個的錢。

  B: **Deal.**
  成交。

- I don't have time to tackle that problem now; I'll **deal with** it later.
  我現在沒有時間應付那個問題；我晚一點再處理。

- The company we are **dealing with** has a good credit record.
  正在和我們做生意的那間公司信譽良好。

❹ be interested in *phr.* 對……感興趣

- **The board** is interested in **finding out if the company is for sale.**

  董事會有興趣知道該公司是否要出售。

(反義) **be uninterested in** *phr.* 對……不感興趣的

(說明) interested 本身是「感興趣的」之意，後面接介系詞 in 再接名詞或動名詞，表示「對某人事物感興趣」。如果要表示「（讓人感覺）有趣的」則要用 interesting。而 interest 可作動詞，表示「使……感興趣」，也可作名詞，表示「興趣」、「利益」或「利息」之意。

- I'**m interested in** your proposal and would like you to elaborate further.

  我對你的提案有興趣，想請你再進一步詳細說明。

- Your talk is **interesting**, but we're running out of time. Please sum it up.

  你的談話內容很有趣，但我們時間快不夠了。請做個總結吧。

- This book **interests** me, but I don't have time to read it.

  我對這本書很感興趣，可是沒時間讀它。（動詞）

- The TV commercial really attracted the public's **interest** in this product.

  這個電視廣告真的引起了大眾對這個產品的興趣。（名詞）

- Fluctuations in **interest** rates make prices hard to predict.

  利率的波動讓價格很難預測。（名詞）

5-4 Boasting about a Company 突顯競爭優勢

Track
31

> Our new model has become known for[1] its durability[2]. This is partly due to an addition[3] that extends[4] the device's[5] battery life.
>
> 我們的新機種以其耐久性聞名。部分原因是一項新技術延長了裝置的電池壽命。

1 become/be known for *phr.*
（變得）以……聞名

- **Google is known for its unconventional company culture.**

  谷歌以它們新穎的公司文化聞名。

(同義) be famous for *phr.* 以……聞名

比較

be known for + N./V-ing	**以……（某特色或成就）聞名** The second factory **is known for** its quality and they gave us a better price. 第二家工廠以品質著稱，而且他們給我們的價格也比較優惠。 The newspaper **was known for** always checking the accuracy of its reporting. 這家報紙以總會調查報導的準確性而聞名。
be known as + N.	**以……（某身分、地位）為人所知（常譯為「被稱作、公認為……」）** California **is known as** the Golden State. 加州被稱為金州。
be known to + V.	**已知會做某事** Auto manufacturers **are known to** launch new cars with dramatic presentations. 大家都知道汽車製造商推出新車款時會搭配戲劇性的發表會。
be known to + sb.	**為某人所知** This restaurant **is known to** people in the town as the best place for pizza. 城裡的人都知道這間餐廳是吃披薩最好的去處。
be known by + N.	**以……（名字、暱稱或行徑等）為人所熟知；可藉由……辨認、區分** Chris **is known by** his middle name, Samuel. 克里斯以他的中間名山繆為人所知。 Leonardo DiCaprio **is** best **known by** the character he played in the movie *Titanic*. 李奧納多‧狄卡皮歐最負盛名的是在電影《鐵達尼號》中所飾演的角色。

Some birds are known by the special songs they sing.
有些鳥是由其特殊的鳴叫聲而被人辨認出來。

職場達人小教室

介紹自家公司產品時，除了說明產品特色，若能洞悉顧客需求，進而將產品與潛在客戶結合，往往更能打動客戶並吸引其注意力。來看看以下的範例：

Let me walk you through the product.
讓我帶您整體了解一下這個產品。

This is one of our most popular products / best sellers.
這是我們的人氣商品之一。

It features the hottest new colors.
它的特點是顏色超新超炫。

The best new selling feature is its size.
它最吸引人的新賣點是產品的尺寸。

A feature of this product is its light weight.
輕巧是這個產品的特色。

It's got an HD webcam for conference calls and a ten-hour battery for those times when there's no charger available.
它有高畫質網路攝影機可供多方電話會議使用，還有一個續航力達十小時的電池可應付無充電器可用的時候。

We've outsourced the hardware so we can pass the savings on to you. It's really very affordable.
我們將硬體外包製作，所以可以將成本省下來給您。這個價格真的很合理喔。

2 durability [ˌdjʊrəˋbɪlətɪ] *n.* **耐久性**

- **This helmet has excellent durability—it is very difficult to break.**
  這頂安全帽非常耐用，非常不容易壞。

(衍生) **durable** *adj.* 耐久的
(衍生) **duration** *n.* 持續期間

(說明) durability 這個字是由形容詞 durable 改變成名詞字尾 -ability 而來，字尾 -ability、-ibility 表示「具有……性質；可……性」之意，其他同字尾的單字還有：
- **adaptability** *n.* 順應能力；適應性
- **affordability** *n.* 可負擔性；負擔能力
- **compatibility** *n.* 相容性
- **portability** *n.* 便於攜帶；輕便
- **sustainability** *n.* 持續力；永續性

3 addition [əˋdɪʃən] *n.* **增加（的人或物）；附加物**

- **The e-mail announced the addition of another speaker to the convention.**
  這封電子郵件公布會議上將新增另一位講者。

(衍生) **additional** *adj.* 額外的
(衍生) **additionally** *adv.* 另外地
(片語) **in addition to** 除了……
  - It is important to make time for physical exercise, rest, and relaxation **in addition to** family and work.
    除了家庭與工作，騰出時間運動、休息和放鬆是很重要的。
(相關) **add-on** *adj./n.* 附加的；（提升功能的）附件
  - My old cell phone can't take pictures unless I buy an **add-on** camera.
    我舊的那支手機不能拍照，除非我買一個外加的鏡頭。

- You need to download the **add-ons** for that software if you want it to work properly.
  如果你想要該軟體運作順暢，就需要下載這些附加元件。

④ extend [ɪk`stɛnd] *v.* 延長；延伸

- **A durable cover can prevent wear and tear and extend the life of your cell phone.**
  耐用的外殼能避免損耗，並延長你手機的使用壽命。

(衍生) **extension** *n.* 延伸；擴大
(衍生) **extended** *adj.* 長期的；延長的

搭配　　 **extend the +** { **contract** 展延合約
warranty 延長保固 }

⑤ device [dɪ`vaɪs] *n.* 裝置；儀器

- **Don't use electronic devices before you go to bed if you want a good night's sleep.**
  如果你想要一夜好眠，睡前不要使用電子裝置。

(同義) **gear**、**equipment** *n.* 設備；裝置
(衍生) **devise** *v.* 設計；發明；想出

搭配　 **electronic**　　　　　　　 電子裝置
handheld　　　　　　　 攜帶型設備
mechanical **+ device** 機械裝置
medical　　　　　　　　 醫療設備
safety/security　　　　 安全裝置

5-5 Quality Assurance
品質保證

Track 32

We can assure[1] you that your business would benefit[2] from our service and products. Your satisfaction[3] is guaranteed[4].

我們可以保證我們的服務和產品會使貴公司受益。
擔保您會滿意。

① assure [əˋʃʊr] v. 保證

- Bernice assured her manager that her project outline would be finished by the end of the day.

  柏妮絲向經理保證她的專案綱要會在當天完成。

(同義) promise、guarantee v. 保證
(衍生) assurance n. 保證
(片語) assure (sb.) of (sth.) 向某人保證某事
(片語) rest assured 放心

職場達人小教室

向商業夥伴提出產品或服務的保證，或是說明雙方的合作將如何使對方受益，往往能強化與客戶之間的關係，使客戶更具信心。來看看以下的實用句範例：

"

- I'm sure our service/products would be of great value to your business.
  我確信我們的服務／產品對你們的事業而言會很有價值。

- We'll be able to give your company the advice it needs to increase sales.
  我們將能提供貴公司在提高銷售額方面所需的建議。

- Our products are consistently sent out on schedule.
  我們的產品一向都會準時出貨。

- I promise you won't be disappointed.
  我保證您不會失望的。

"

2 **benefit** [ˋbɛnəfɪt] v. 從……獲益（＋ from N./V-ing）

- **The product benefited from the free advertisement generated by the viral video.**
  該產品從那段爆紅影片引發的免費廣告效果受益。

說明 此字也可作名詞，表示「好處；益處」之意。也可表示「福利」，不過作此義時恆用複數。

- What **benefits** can I receive if I become a member?
  如果我成為會員可以獲得什麼好處？

- Martha's company offers great **benefits**.
  瑪莎的公司提供很好的福利。

衍生 **beneficial** *adj.* 有益的;有利的
衍生 **beneficiary** *n.* 受益人;受惠者
片語 **to (sb.'s) benefit** 對某人有益
片語 **to the benefit of** 為了⋯⋯的利益

搭配 ▶ **benefits package** 福利計畫;福利方案

---

❸ satisfaction [ˌsætɪsˋfækʃən] *n.* 滿意;滿足

- **The company's core principles are assuring quality and customer satisfaction.**
  這間公司的核心原則是保證品質和客戶滿意度。

反義 **dissatisfaction** *n.* 不滿
衍生 **satisfy** *v.* 滿足;符合
片語 **to (sb.'s) satisfaction** 讓某人感到滿意的是

搭配 ▶ job ⎫
customer ⎬ + **satisfaction**
patient ⎭

工作滿意度
顧客滿意度
患者滿意度

---

❹ guarantee [ˌgærənˋti] *v.* 保證;擔保

- **These rules were made to guarantee your safety.**
  這些規定是制定來確保你的安全。

說明 此字也可作名詞,表示「保證;保固」之意。
  - **Is there any guarantee that I'll get my money back if I don't like this product?**
    要是我不喜歡這個產品,有任何保證我可以把錢拿回來嗎?

同義 **warrant**、**promise** *v.* 保固;應允
片語 **be guaranteed to** 一定會、保證⋯⋯

搭配 ▶ money-back ⎫
satisfaction ⎬ + **guarantee**
lifetime ⎭

不滿意保證退款
消費者滿意保證
終生保固

職場達人小教室

就消費者的保護機制而言，guarantee 和 warranty 通常都可翻成「保固」，不過兩者並不完全一樣。guarantee 一般是店家提供給消費者的一種擔保、保證，涵蓋的範圍較廣，可以是產品的價格、店家的服務或顧客的滿意程度，且無固定形式，故亦可能是口頭的承諾保證。當消費者發現產品有問題時，可要求退貨或修理（不須另外付錢）。雖然 guarantee 通常有一定的期限，但是近來也有廠商推出「終生保固」（lifetime guarantee）。至於warranty 則是針對商品本身，多半是製造商、零售商或經銷商提供的維修或零件更換等服務，形式以書面為主，而消費者可以選擇額外付費來增加保固範圍或延長保固期限。

Satisfaction Guarantee
消費者滿意保證

↓

free return within 7 days
七天鑑賞期

↓

a faulty item
商品有瑕疵

exchange
v. 換貨

return *v.* 退貨

refund
v./n. 退款

5-6 A Warm Reception
與客戶博感情

I'd like to make a toast[1] to our continued cooperation[2] and the mutual[3] benefits it brings.
我想舉杯慶祝我們的持續合作與其帶來的互惠互利。

Thank you for your hospitality[4].
感謝你們的熱情招待。

① make a toast *phr.* 敬酒；舉杯

- **The boss made a toast to a prosperous year.**
  老闆舉杯敬一整年生意昌盛。

説明 大家一般都知道 toast 是「吐司」的意思，但它在這裡表「敬酒；乾杯」喔。
make a toast 用於較正式的舉杯祝賀，通常會先發表一段祝賀語再舉杯敬
酒。toast 也可以直接作動詞，表示「為……乾杯」。

• Joy and Jason **toasted** their future with a glass of
champagne. 喬伊和傑森舉起香檳為他們的未來乾杯。

職場達人小教室

在西方國家，一般只在用餐開始前或一開始時互相舉杯祝賀，不像華人會在用
餐過程中不時互相乾杯。以下提供其他「乾杯」的英文說法：

Cheers!
這是舉杯敬酒時說的祝賀詞。
若要為特定原因慶祝或恭賀特定
對象時，可在舉杯時加上「to +
（原因／對象）」。

chin-chin
chin-chin 為義大利語的「乾杯」，
廣泛使用於西方國家。

bottoms up
即「一飲而盡」的
意思。

---

② **cooperation** [koˌɑpəˋreʃən] *n.* **合作；配合**

• **Cooperation between several departments was
key to the project's success.**
幾個部門之間的合作是這項計畫成功的關鍵。

同義 **collaboration** *n.* 合作
衍生 **cooperate** *v.* 合作；協力

説明 cooperation 這個字是由字首 co-「一起；共同」結合 operation「運作；
工作」而來，其他同字首的單字還有：
• **coworker** *n.* 同事
• **cofounder** *n.* 共同創辦人
• **co-writer/co-author** *n.* 合著者

③ **mutual** [ˈmjutʃəwəl] *adj.* **相互的**

- **The success of the deal depends on whether they are willing to make mutual concessions.**
  這筆交易能否成功取決於他們雙方是否願意互相退讓。

搭配　mutual　+
- agreement　共同協議
- friend　共同的朋友
- fund　共同基金
- trust　相互信任
- understanding　相互了解
- respect　互相尊重

說明　The feeling is mutual. 則是常用的一句口語用法。依照對話的情境而定，可以翻譯成「彼此彼此！」或「……也這麼認為」。

- *A:* It's always a pleasure dealing with your company.
  能和你們公司做生意一直是我的榮幸。

  B: **The feeling is mutual!**
  彼此彼此！

- I don't like working with Shannon, and I think **the feeling is mutual.**
  我不喜歡和夏儂共事，而且我想她也不喜歡跟我共事。

④ **hospitality** [ˌhɑspɪˈtælətɪ] *n.*
好客；殷勤招待；餐旅業

- **The secretary showed hospitality to the visitors by offering them coffee.**
  秘書殷勤招待這些訪客，提供咖啡給他們喝。

- **Garth was studying for a degree in hospitality and tourism.**
  賈斯正在攻讀觀光餐旅業的學位。

衍生　**hospitable** *adj.* 友好的；好客的

Give It a Try

1 請選出適合的單字或片語置入以下的句子中,使其語意完整。必要時請作適當變化。

at the moment	extend	have a seat
(not) mind	mutual	satisfaction

1. I _____ if you are five or even ten minutes late, but 30 minutes is not acceptable.

2. Customer _____ is the most important thing to us, so we aim to provide high quality customer service.

3. Mr. Jones is busy _____, but I can take a message and get him to call you back later.

4. Please _____ on the sofa. Mr. Walters will be here in a moment.

5. The two companies have a(n) _____ understanding that they will not lie to each other.

6. After finding out how much more work there was still to do, the project manager decided to _____ the deadline.

請選出適合的單字或句子置入以下的信件中，使其語意完整。

MakeShape Industries
12 Main Street
Athens, Ohio 45701
740-888-5510

Dear Sir/Madam,

Please find enclosed one free copy of this year's MakeShape 3D Printer catalog. We are an established 3D printing manufacturer that already serves over a hundred companies like yours. MakeShape 3D guarantees quality and __❼__. We have become __❽__ the excellent customer support we provide to our clients. We consistently receive positive feedback from businesses who have seen significant results since switching to MakeShape. In the catalog, you'll find some of our most in-demand machines such as the X3D, a high-powered printer optimized for mass production, as well as our newest model, the UltraMaker, for which we currently have a(n) __❾__ of 10% off when you order ten machines or more.

If you are interested in receiving a free demonstration, __❿__. I can be contacted at the number given at the top of this letter.

Yours sincerely,

Howard Lightfoot
MakeShape Industries

_____ 7. (A) agenda   (B) cooperation (C) hospitality   (D) durability

_____ 8. (A) known for (B) dealt with   (C) interested in   (D) cared for

_____ 9. (A) addition   (B) offer   (C) extension   (D) moment

_____ 10. (A) I would be happy to meet in person
           (B) your table will be ready in a moment
           (C) it's a pleasure to finally meet you
           (D) I'd like to make a toast to our guests

Part 6

Business Trip and Trade Show
出差與商展

Visiting Inquiries
徵詢拜訪可能

Track 34

I think a face-to-face[1] would clear everything up[2]. Would it be convenient[3] if I stopped by[4] next Monday?

我想見個面能釐清所有的事情。下星期一我過去一趟方便嗎？

Sure. And you can tour[5] the plant[6] when you're here.

當然可以。而且你來這裡的時候可以參觀工廠。

① **face-to-face** [ˋfestəˋes] *adj./adv.*
當面的（地）；面對面的（地）

- Alexis and Jessica settled their differences during a face-to-face talk.

  愛莉希絲和潔西卡在一次當面會談中解決了她們的歧見。

- **It will be great to meet you** face to face.

可以當面見到你，真是好極了。

> 作副詞用時也可不用連字號。

説明 face-to-face 在口語中常同本單元對話作名詞用，省略了之後的名詞如 meeting 等。此外片語 come face-to-face with + sb./sth. 指「直接面對；迎面對上」，後面通常接困境、難題等。

- Jim **came face-to-face with** hardship when he lost his job.

吉姆失業後，面臨了困境。

來看看更多與身體部位有關的常用片語吧！

eye to eye *phr.* 意見一致（動詞要搭配 see）

- Even though Pam and Michael don't always **see eye to eye**, they still work well together.

即使阿潘和麥可的意見並非總是完全相同，但他們仍合作愉快。

hand in hand *phr.* 手牽著手；兩件事物關係密切（作此義時動詞搭配 go）

- They walked along the beach **hand in hand**.

他們手牽著手沿著海邊散步。

- Love and respect **go hand in hand**.

愛與尊重是共生共存的。

back to back *phr.* 連續地；一個接一個地

- The baseball team was very tired after playing four games **back to back**.

那支棒球隊連續打了四場比賽之後很疲倦。

neck and neck *phr.* 並駕齊驅；旗鼓相當；難分軒輊

- The runners were **neck and neck** when they crossed the finish line.

跑者幾乎同時通過終點線。

shoulder to shoulder *phr.* 並肩；同心協力

- Police officers and firefighters stood **shoulder to shoulder** during the fire.

警方與消防員在這場大火中同心協力。

2 clear up *phr.* **釐清**

- **The CEO cleared up some questions about the product during the press conference.**
  執行長在記者會上釐清了產品的一些問題。

說明 clear up 表「釐清」時是可分式片語；而當表「（天氣）轉晴；（疾病）痊癒」時則為不可分片語，為不及物動詞的用法，後面不能有受詞喔。

- We can go play basketball at the park if it **clears up** later.
  如果晚一點天氣轉晴的話，我們可以去公園打籃球。
- After I took the medicine, the rash on my leg **cleared up**.
  我吃了藥之後，腳上的疹子就好了。

3 convenient [kən`vinjənt] *adj.* **方便的**

- **It is convenient to purchase some items from virtual stores on the Internet.**
  可以在網路上的虛擬商店購買某些商品很方便。

反義 **inconvenient** *adj.* 不方便的
衍生 **convenience** *n.* 方便
衍生 **conveniently** *adv.* 便利地

職場達人小教室

和客戶或合作夥伴安排會議、參訪時間，或甚至是更改既定行程的時候，通常需要禮貌性地詢問安排是否恰當或方便，常用句型如下：

. . . if that is convenient. ……如果那樣方便的話。

- We'll have a car pick you up at 7:00 **if that is convenient.**
  方便的話，我們會派一輛車七點去接您。

I was hoping it wouldn't be too inconvenient if . . .
我希望……不會造成不便。

- An emergency came up, so **I was hoping it wouldn't be too inconvenient if** I postponed our meeting.
  突然有急事，希望我們會議延期不會造成不便。

---

④ stop by *phr.* **順道拜訪；短暫停留**

- **Don't hesitate to** stop by **my office if you need some advice.**
  如果你需要一些意見，可以隨時來我辦公室找我。

(說明) stop by 是指「經過某處時順便拜訪某人」的意思，並非專程去拜訪。
類似的用法還有：
  - **call in (on + 人)**
  - **drop in/by**
  - **pay a call**
  - **come around/over**
  - **pop in/over**
  - **stop in/over**
    ⤷ While I was in my office today, an old friend **stopped in** to see me.
    我今天在辦公室時，有個老朋友來看我。

---

⑤ tour [tʊr] *v.* **遊覽；巡視**

- **Mr. Anderson** toured **the car factory.**
  安德森先生參觀了汽車工廠。

(說明) tour 也常作名詞用，表「參觀；旅行」。
  - Prior to the public opening of the new shopping mall, the city's mayor was taken on a **tour** of it.
    在那家新的購物中心正式開幕之前，市長受邀前去參觀。

衍生 **tourist** *n.* 觀光客
衍生 **tourism** *n.* 觀光業；旅遊
片語 **take a tour** 參觀
片語 **go on a tour** 旅行；參觀

搭配 **package tour** 套裝行程

搭配 **tour guide** 導遊

6 plant [plænt] *n.* 工廠

- **The manufacturer lowered its overall expenses by closing one of its plants.**
  那家製造商藉由關閉其中一座工廠來減少整體開銷。

同義 **factory** *n.* 工廠

說明 plant 作名詞時也表「植物」；此外亦可作動詞，有以下幾種用法：

栽種（植物）

- **Keith dug a hole to plant sunflower seeds.**
  奇斯挖了一個洞來種向日葵的種子。

安插

- **Winning "Salesman of the Year" may plant you on the boss's promotion list.**
  贏得年度銷售員也許能讓你安插進老闆的晉升名單中。

（祕密）裝設

- **The terrorist planted a bomb in the building.**
  恐怖分子在大樓裡裝設了一枚炸彈。

6-2 Confirming an Appointment
確認既定行程

Track
35

Is tomorrow still on for[1] the inspection[2] of our facilities[3]? The lady from the government is coming at 9 a.m., right?

我們設施的視察明天照原定計畫進行嗎？政府部門的女士明天早上九點要過來，對吧？

Yes, don't worry. Everything has been arranged[4] perfectly[5].

是的，無須擔心。一切都安排得很完美。

❶ be on for (sth.) *phr.* 準備或樂意做某事

- **Calling clients the day before is a good way to make sure they are still on for the appointment.**

  前一天打電話給客戶是確認他們會如期赴約的一個好方法。

職場達人小教室

需要「確認既定行程」時也可以運用 confirm「確認」這個動詞,範例如下:

- We've arranged a visit to the plant on August 23rd. I'd like to **confirm** the details.
  我們已安排八月廿三日去參觀廠房。我想確認細節。

- I'm arriving tomorrow and want to **confirm** my pickup at 4:30 p.m.
  我明天抵達,想確認下午四點三十分會有人來接機。

- I'm calling to **confirm** my hotel reservation on the fifteenth.
  我來電是要確認十五號的飯店訂房事宜。

---

2 # inspection [ɪn`spɛkʃən] *n.* 視察;檢閱

- **There will be a fire inspection next week at the office.**
  下禮拜會在辦公室進行消防檢查。

(同義) **examination** *n.* 檢查
(衍生) **inspect** *v.* 檢查;審閱
(衍生) **inspector** *n.* 檢查員;巡察員
(衍生) **inspective** *adj.* 注意的

搭配 ▶ quality
      field } + inspection   品質檢驗
                             實地考察;現場視察

(說明) 英文中的 check、examine、inspect 都可表「檢查;查看」,但這三個字表達的強度不同。check 指「較為迅速地核對某事是否正確」;examine 則帶有評斷品質的意思,如科學家審閱數據資料、醫師診察病患等;而 inspect 費時最久、強度最強,常指為了要發現問題而進行的詳細視察。

---

3 # facility [fə`sɪlətɪ] *n.*
設施(常用複數);(特定用途的)場所

- **The hotel's facilities include a gym, pool, and spa.**
  這間飯店的設施包括健身房,游泳池和水療中心。

衍生 **facilitate** *v.* 促進；使便利

搭配
$$\left.\begin{array}{l}\textbf{manufacturing}\\\textbf{medical}\\\textbf{military}\\\textbf{public}\end{array}\right\} + \textbf{facility}$$

生產設施
醫療設施
軍事設施
公共設施

---

4 **arrange** [əˋrendʒ] *v.* **安排；籌畫** ── 後面不可直接接「人」

• **David** arranged **for his boss to be picked up at the airport.**
大衛為他老闆安排接機事宜。

衍生 **arrangement** *n.* 安排

說明 arrange 的常用句型如下：

arrange for sb. to V. 安排某人做某事

• In the past, many parents **arranged for** their children to be married.
過去，許多父母會安排子女的婚事。

arrange for sth. 為某事做安排；安排某事

• We need to **arrange for** a car to take us to the airport tomorrow morning.
我們需要安排一輛車明天早上載我們去機場。

---

5 **perfectly** [ˋpɝfɪktlɪ] *adv.* **完美地；圓滿地；完全地**

• **Being a naturally charismatic and confident person, a sales position will suit her** perfectly.
她有與生俱來的魅力以及充滿自信的性格，業務職位會非常適合她。

衍生 **perfect** *adj./v.* 完美的；（使）完美

作形容詞時唸作 [ˋpɝfɪkt]，
作動詞時唸作 [pɚˋfɛkt]。

6-3 Checking In at the Airport 機場櫃檯報到

I'd prefer[1] an exit row[2] if one is available[3].
如果有的話，我偏好逃生門那排的座位。

I'm afraid the exit row seats have already been assigned[4].
抱歉，逃生門那排的位子已被劃位了。

1 prefer [prɪ`fɝ] v. 較喜歡；寧可

- **Employers prefer hiring people with hands-on experience.**
  雇主比較喜歡找有實務經驗的人。

衍生 **preference** *n.* 偏好
衍生 **preferable** *adj.* 較適合的；更好的
衍生 **preferably** *adv.* 最好是

說明 prefer 表示「更喜歡（其中之一）；寧可（選擇）」。常用在以下句型：

S. + prefer to + V. + rather than + V. 喜歡……勝於……
= S. + prefer + V-ing + rather than + V-ing
= S. + prefer + V-ing + to + V-ing.

- Jenny **prefers to** ride the elevator **rather than** walk up the stairs.
  - = Jenny **prefers** riding the elevator **rather than** walking up the stairs.
  - = Jenny **prefers** riding the elevator **to** walking up the stairs.
    珍妮比較喜歡搭電梯勝於爬樓梯。

S. + prefer + N. / to V. / V-ing 偏愛（某事物）

- Ben **prefers** low-risk investments that offer more security in the long run.
  班比較喜歡長遠來看較安全的低風險投資。

- Helen **prefers to** work out in the morning because she's too tired after work.
  - = Helen **prefers** working out in the morning because she's too tired after work.
    海倫偏好在早上健身，因為她下班後太累了。

prefer A over/to B 喜歡 A 勝於 B ⟶ 此句型中的 A、B 必須同為名詞或 V-ing。

- Most of the employees **preferred** a merger **to** a hostile takeover.
  大部分的員工比較想要公司被合併而不是被惡意併購。

---

2 **exit row** [ˋɛksɪt] [ro] *n.* **緊急逃生出口座位**

- **Brad prefers to sit in the exit row because there's more space for his legs.**
  布萊德較喜歡坐在緊急逃生出口座位，因為可以讓他的腿有更多空間伸展。

說明 exit 在此指「緊急逃生出口」，而 row 則是指「一排（座位）」。exit row 就是指在緊急逃生出口旁邊的座位。而坐在緊急逃生出口座位的乘客在緊急狀況發生時有義務協助空服員疏散其他乘客。為了方便撤離，緊急逃生口附近會淨空，所以這區的座位空間比較大，坐起來較無壓迫感。

③ available [əˋveləb!] adj.（事物）可獲得的

- **We don't currently stock the shoes that you want, but they might be available at our downtown branch.**
  你要的鞋子我們目前沒有存貨，但在我們的城中分店應該買得到。

衍生 **availability** n. 可獲得的事物；可用性

搭配 **commercially available** 市場上可買到的；市售的

④ assign [əˋsaɪn] v. 指定；分配

- **As a hospital nurse, Clair is often assigned to night duty.**
  作為一名醫院護士，克萊兒經常被指派上夜班。

衍生 **assignment** n.（分派的）任務；工作；功課
衍生 **assignee** n. 受託人；財產保管人
衍生 **reassign** v. 重新分配、指派（工作、任務等）

說明 assign 指「指定；分配」時常以被動接 to + sb.，此外亦可指「將某事歸因於」，句型分別為：

be assigned to (sb.) 被分配／指派給某人

- The murder case **was assigned to** the most senior officer.
  這起謀殺案被分派給最資深的警官。

assign A to B 把 A 發生的原因歸因於 B

- The doctor **assigned** the engineer's illness **to** overwork.
  醫師把這位工程師的病症歸因於工作過度。

6-4 Going through Immigration 入境通關

What is the purpose of your visit?
您此行來訪目的為何？

I'm here on business[1].
我是來出差的。

Track 37

Are you bringing any commercial items[2] into the country?
您有攜帶任何商業製品來本國嗎？

Only some samples[3] for a trade expo[4].
只有一些商展要用的樣品。

❶ on business *phr.* 出差

- **Dan usually only brings a carry-on when he travels on business.**
  丹出差時，通常只會帶隨身行李。

說明 出差的英文是 go on a business trip 或 be away on business，當要說明到哪裡出差時，則可利用以下的句型：

travel/go to + 國家／城市 + on/for business
前往（某國家／城市）出差

- Jacob has to **travel to** Hong Kong **for business** every other month.
  雅各每隔一個月就得去香港出差。

take / go on a business trip to + 國家／城市
去（某國家／城市）出差

- Before **taking a business trip to** Spain, the saleswoman read up on the local customs.
  在去西班牙出差前，那位女業務員仔細研究了當地的習俗。

be in + 國家／城市 + on/for business
正在（某國家／城市）出差

- I had no time to enjoy the local cafés when I **was in** Paris **on business**.
  我到巴黎出差時沒時間去享受當地的咖啡廳。

職場達人小教室

在機場入境時會經過出入境管理局（Immigration）和海關（Customs Control）。除了本單元情境照片裡的對話，來看看相關人員還常問旅客哪些問題，一定要能聽懂他們的問題或指示才能順利通關喔。

→ 通過出入境管理局：

你的最終目的地是哪裡？

- What is your final destination?

你預計要停留多久？

- How long will you be staying?

你會住在哪裡？

- Where will you be staying?

你是一個人來嗎？是否有同伴？

• Did you come alone?
Any company?

你攜帶多少現金？

• How much cash are you
carrying? / How much money
do you have on you?

你的職業是什麼？

• What's your occupation?

你在本國有聯絡人嗎？

• Do you have any contacts
in this country?

你已確認回程機票了嗎？

• Have you confirmed your
return ticket?

Part
6

出差與商展

→ 通過海關：

請出示你的海關申報單。

• Please show your customs
declaration form.

你有什麼要申報的物品嗎？

• Do you have anything to
declare?

你有攜帶任何新鮮農產品或肉類嗎？

• Have you brought any fresh
produce or meat with you?

你介意我檢查一下這個包包嗎？

• Would you mind if I checked
this bag?

如果你沒有要申報的物品，請走綠色通道。

• If you have nothing to declare, please take the green channel.

② item [ˈaɪtəm] *n.* 一件（商品、物品）；項目、品項

- This item is not on sale, so I don't think I will buy it today.
  這項商品沒有特價，所以我想我今天不會買。

搭配
$$\left.\begin{array}{l}\text{collector's}\\\text{clearance}\\\text{defective}\end{array}\right\} + \text{item}$$
值得收集的物品；可收藏的物品
清倉貨；出清品
瑕疵品

③ sample [ˈsæmpl] *n.* 樣品；試用品

- Tiffany didn't like any of the paint samples that Joe had chosen.
  蒂芬妮不喜歡喬選擇的任何一款油漆樣本。

說明 sample 亦可作動詞，表「品嚐；體驗」。
- At the supermarket, we **sampled** some ice cream that was on sale.
  我們在超市裡試吃了一些特價的冰淇淋。

④ trade expo [tred] [ˈɛkspo] *n.* 貿易博覽會

- My boss and I went to a trade expo to find out about the latest industry trends and products.
  我和我老闆前往貿易博覽會去了解最新的業界趨勢以及產品消息。

衍生 exposition *n.* 展覽會；博覽會（= expo）

**Trade Expo
(= Trade Show/Fair)**
商展;貿易展

exhibit hall
n. 展場

exhibitor
n. 參展廠商

organizer
n. 主辦單位

attendee/visitor
n. 參觀民眾

foot traffic
n. 行人流量數

exhibit directory
n. 參觀指南

floor plan
n. (展場攤位) 配置圖

traffic flow
n. 會場流量

Setting Up a Booth
展場設攤

Track 38

We're with Live Electronics[1]. Would you show us where we'll be setting up[2]?

我們是萊福電子公司。麻煩告訴我們要在哪裡設攤。

OK. And where can we unload[5] our equipment[6]?

好的。我們可以在哪裡卸下我們的設備？

You're at booth[3] C103. That's on the right side of entrance[4] B.

你們在 **C103** 攤位。那是在入口 B 的右邊。

❶ electronics [ɪˌlɛkˋtranɪks] *n.* 電子產品；電子學

- **Viewers discovered the latest technology at the electronics exhibition.**

  參觀者在電子產品展發現了最新的科技。

衍生 **electronic** *adj.* 電子的；電子裝置的
衍生 **electronically** *adv.* 透過電子裝置地

職場達人小教室

electronics 指「電子產品」時恆用複數形，多指電腦、通訊等產品。作「電子學」解時則為不可數名詞。全球最大的消費性電子展為 CES（即 Consumer Electronics Show「國際消費性電子產品大展」的簡稱），每年一月在拉斯維加斯舉行，是由美國消費性電子產品協會（Consumer Electronics Association, CEA）主辦的國際性商展，僅供廠商交易，不開放民眾參觀。受邀做主題演講（keynote）的重要人物經常會發表重大聲明，例如比爾‧蓋茲（Bill Gates) 就曾在此宣布辭去微軟的日常性職務（day-to-day duties），致力經營他的比爾‧蓋茲基金會（Bill and Melinda Gates Foundation）。

② **set up** *phr.* **裝配；設置；安裝（設備或機器等）**

- **First things first: Let's read the instructions and then start to set up the computer.**
  一樣一樣來：我們先看說明書，再開始組裝電腦。

同義 **establish** *v.* 建立；創立

說明 set up 是英文裡一個相當實用的片語，視使用的情境不同可表多種不同的意思，如：

搭建

- It took the campers a long time to **set up** the tent.
  露營者花了一段時間才搭好帳篷。

建立（組織、公司、機構、學校等）

- Steve **set up** an organization to help stray dogs.
  史帝夫成立了一個幫助流浪狗的機構。

安排；規劃

- My sister **set up** all of the hotels and rental cars for our trip to Greece.
  我姊姊安排好我們希臘之旅的所有飯店，也租好了車子。

安排約會；介紹認識

- I've been trying to **set up** my best friend with Emily.
  我一直試著要撮合我最好的朋友和艾蜜莉。

陷害

- I know it looks like I am the thief, but I'm not—I've been **set up**!
  我知道看起來好像我是小偷，但我不是——我被陷害了！

---

③ booth [buθ] *n.* **（展覽會等隔開的）攤位；空間**

- At the electronics show, we went from one booth to the next, looking at all of the cool new items being offered.
  在電子展上，我們一個攤位接著一個攤位觀看所有新奇酷炫的產品。

搭配 **booth number** 攤位號碼

(相關) **install** *v.* （場地）布置
(相關) **dismantle** *v.* （場地）拆除
(相關) **move in** *phr.* （廠商）進場；布展
(相關) **move out** *phr.* （廠商）撤場；撤展

職場達人小教室

初次布展通常會花上較多時間與金錢，這裡整理出了八大要訣，供初次布展者參考。

1 Rent a small booth at your first trade show.
首次參展先租一個較小的展位。

2 Create an inviting exhibit.
布置有魅力的展位。

3 Keep your booth organized for clients to view your products.
讓客戶看到你的產品很有系統地排列在攤位上。

4 Before renting booth space, learn everything about the event's location.
在租展位之前，了解展場的所有資訊。

5 Renting the components for a booth display is best for first-timers.
對首次參展的人來說，最好「租用」展位布置品配件。

6 Design your booth with the idea of keeping transportation cost low.
以能夠減少運費為主要考量來設計攤位。

7 Always protect your most expensive products in a case, or somewhere else safe, so that they can't be taken from your booth.
總是將最貴重的產品保護好，裝入盒子裡或放在其他安全的地方，以免被人從展位拿走。

8 Create a clean appearance and professional look for your displays.
展位布置須保持乾淨及專業。

圖解攤位類型

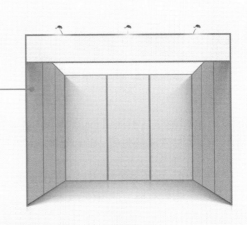

inline booth

一面開攤位

與其他攤位比鄰排列，僅有一面
面向走道。

perimeter booth

道邊型展位；展場周邊攤位

位在整個展區的邊緣區域，通常靠牆。此類展位的租金較低，
挑選此展位時，可利用牆面來展示商品，並注意是否位於人流
數多的區塊，例如靠近洗手間等等。

peninsula booth

半島型攤位

開三面的展位，通常位於成排攤位的
尾端或緊鄰另一個半島攤位。此類展
位封閉性較低，做好展位布置，就能
達到滿意的效果。

island booth

島型攤位

為四面全開的展位，經過精心設計的搭
建，展示效果好，租金常是最高的。

④ entrance [ˋɛntrəns] *n.* 入口；進入

- **I'll meet you at the building's entrance in five minutes.**
  我五分鐘後在大樓的入口處跟你碰面。

- **At the zoo, the entrance fee for children is smaller than the fee for adults.**
  在動物園，兒童的入場費比成人的費用便宜。

(反義) **exit** *n.* 出口
(片語) **make a grand entrance** 盛大登場

搭配 ▶ entrance + { fee 入場費
                     exam 入學考試

··

⑤ unload [ʌnˋlod] *v.* 卸（貨）

- **There are over 150 boxes in the trucks, so we need more people to help unload them.**
  卡車裡有超過一百五十個箱子，所以我們需要更多人來幫忙把它們從車上卸下來。

(同義) **off-load** *v.* 卸下（貨品、責任等）；【商】脫手；拋售
(反義) **load** *v.* 裝（貨）
(相關) **upload** *v.* 上傳
(相關) **download** *v.* 下載
(相關) **overload** *v.* 使負荷過重

(說明) unload 可如本單元情境指「將裝載物卸下」這個實際動作，此外亦可表商業行為上的「脫手；拋售」，還常引申指「傾訴（心事）」。

- The clothing store wants to **unload** last year's fashions before the new ones arrive.
  那間服飾店想要在新款式到店前拋售去年流行的款式。

- We talked for hours, as Tony had a lot of worries to **unload** about becoming a dad.
  我們談了好幾個小時，因為湯尼有很多為人父的煩惱要傾訴。

而 load 亦可作名詞，指「承載（量）；負荷」，workload 即指「工作量」。若要表達「工作量很大／很少」，可說 have a heavy/light workload；日漸增加的工作量是 an increasing workload；試著減少某人工作量則可說 try to lessen/reduce one's workload。

6 equipment [ɪˋkwɪpmənt] *n.* 器材；設備

為不可數名詞，須用 a piece of equipment 表示「一項設備、器材」。

- **Josh keeps most of his sports equipment in the garage.**
喬許把他大多數的運動器材存放在車庫裡。

衍生 **equip** *v.* 裝備；配備

說明 -ment 這個字尾接在動詞後面，形成名詞，表示「結果、狀態、動作」等。其他同字尾單字還有：
- **accomplishment** *n.* 成就；實現
- **government** *n.* 政府
- **management** *n.* 管理
- **punishment** *n.* 懲罰；刑罰

6-6 Introducing Product Features 介紹產品特色

> **What makes your product different from the rest?**
> 你們的產品和其他產品有什麼不同？

Track
39

> **A combination[1] of innovative[2] features and superior[3] service sets us apart[4].**
> 創新功能和優良服務的結合使我們與眾不同。

① combination [ˌkɑmbəˋneʃən] n. 結合（體）

- The combination of a sound fiscal plan and the hard work of the country's citizenry was at the root of the nation's economic revival.
  健全的財務計畫結合國內公民的辛勤努力，是該國經濟復甦的基礎。

167

(同義) **mixture** *n.* 結合體

(衍生) **combine** *v.*（使）結合，組合

(衍生) **combo** *n.* 套餐；組合（為 combination 的簡稱）

搭配 | **combination** store 複合式商店

(片語) **in combination with** 與……聯合

(說明) combination 這個字很特別，還可指「（開鎖的）密碼組合」。

- There is no one but the manager who knows the **combination** to the safe.
  除了經理之外沒有人知道保險箱的密碼。

---

2 innovative [ˋɪnəˌvetɪv] *adj.* 創新的

- Ken has some innovative ideas for a new product.
  肯對於新產品有一些創新的點子。

(同義) **cutting-edge** *adj.* 最先進的；尖端的

(同義) **inventive** *adj.* 有創意的；創新的

(衍生) **innovation** *n.* 創新（不可數）；創新發明（可數）

(衍生) **innovate** *v.* 革新；創新

(說明) 形容詞字尾 -ive 接在動詞之後，常以 -sive、-tive、-ative、-itive 的形式出現。其他同字尾單字還有：
- **competitive** *adj.* 競爭的
- **imaginative** *adj.* 有想像力的；具有獨創性的
- **impressive** *adj.* 令人印象深刻的
- **talkative** *adj.* 愛說話的；健談的

---

3 superior [səˋpɪrɪə] *adj.* （在品質等方面）較好的；優良的

- Our quality control team won't settle for average; they want superior quality.
  我們的品管團隊不會滿足於一般水準；他們想要達到優越的水準。

(說明) superior 亦可作名詞，指「上司」。

- Dean had to talk to his **superior** because he wanted to take Friday off.

  因為狄恩星期五想要休假，所以得和他的上司談談。

(反義) **inferior** *adj.* 較差的；低等的

(衍生) **superiority** *n.* 優越（性）；優勢

(片語) **be superior to + N.** 優於……；高於……

....

❹ set (sb./sth.) apart (from . . .) *phr.*

使某人事物（與……）有所區別；
使某人事物與眾不同

- **The phone's screen is what** sets it apart from **other competing brands.**

  該手機的螢幕使它從其他競爭品牌中脫穎而出。

(說明) set 一字有「設定；決定」等不同意義，而 apart 是「分離；分開」的意思。set apart 在對話中是「使不同於其他；使突出、顯眼」的意思，主詞常是某特質或優勢，且後面常用 from 加上拿來比較的人或物。另外 set apart 也可表示為了特定目的、用途「撥出、騰出」，同 set aside，其後通常接 for + N./V-ing。

- Betty's strong self-confidence **set** her **apart from** other coworkers.

  貝蒂強烈的自信讓她與其他同事有所不同。

- Around 50 acres of public land have been **set apart for** recreation.

  大約五十英畝的公共用地被預留為休閒之用。

- After trimming the meat, the bones were **set apart for** making soup.

  肉被分切下來之後，骨頭被留下用來煮湯。

Wrapping-Up 後續處理

Track 40

We'll send the shipment[1] on the assigned date. If there's anything I can do for you, please don't hesitate[2] to call.

我們將在指定日期寄貨。如果有什麼我能為您效勞，請隨時來電。

OK. Just let me know when you have the tracking number[3] for the shipment.

好的。你一有追蹤查詢碼就通知我。

① shipment [ˈʃɪpmənt] *n.* **運載的貨物；運輸**

- We offer a seven-day satisfaction guarantee for every shipment.

  我們寄送的每件商品都有七天的滿意保證。

說明 shipment 這個字可指「運送的貨品」或「運輸」這個行為本身。

- Tons of goods pass through this port for **shipment** every day.
  每天有好幾噸的商品經由這座港口運送。

衍生 **ship** *v./n.* 運送；船

搭配 **shipment status** 運送狀態

搭配 **partial shipment** 分批出貨

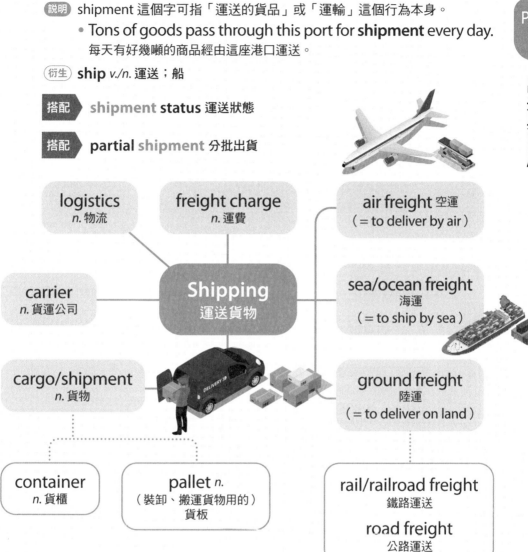

logistics
n. 物流

freight charge
n. 運費

air freight 空運
(= to deliver by air)

carrier
n. 貨運公司

Shipping
運送貨物

sea/ocean freight
海運
(= to ship by sea)

cargo/shipment
n. 貨物

ground freight
陸運
(= to deliver on land)

container
n. 貨櫃

pallet *n.*
（裝卸、搬運貨物用的）
貨板

rail/railroad freight
鐵路運送

road freight
公路運送

② hesitate [ˈhɛzəˌtet] *v.* **猶豫；遲疑**

- **Phil** hesitated **before asking Carl to help him finish the project.**
  菲爾猶豫了一下才請卡爾幫他完成這個專案。

衍生 **hesitation** *n.* 猶豫

衍生 **hesitant** *adj.* 遲疑的；躊躇的

說明 句型 hesitate to V. 是表示「做……猶豫不決」。not hesitate to V. 字面意思是「不要遲疑……」，也就是「做某事不用遲疑、顧慮」的意思，類似的說法還有 feel free to V.。

- Should you require further assistance, **do not hesitate to** get in touch with me.
  倘若你需要進一步的協助，歡迎與我聯繫。

- If you have any questions regarding these changes, please **feel free to** contact us.
  如果您對這些異動有任何問題，請儘管和我們聯絡。

③ tracking number [`trækɪŋ] [`nʌmbɚ] *n.*
追蹤查詢碼

- **Your order is being given special handling. The carrier is TLC Deliveries, and the tracking number is 41123.**
  您的訂單已交由專人處理。運輸公司為 TLC 貨運公司，追蹤查詢碼為 41123。

職場達人小教室

提供運貨單的追蹤查詢碼讓客戶在尚未收到貨品時，可即刻查詢最新運送狀態。貨品配送狀態的寫法一般包括：

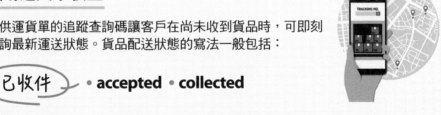

 • accepted • collected

 • **en route**（為法文，念作 [ɑn`rut]）
• **in transit**

• **arrived at customs**
• **held at customs**
• **cleared customs**

 • **picked up**

 • **delivered**

Give It a Try

1 請選出適合的單字或片語置入以下的句子中，使其語意完整。必要時請作適當變化。

be on for	combination	innovative
perfectly	set (sb.) apart from	stop by

1. It wasn't just one thing, but rather a(n) _____ of factors that led to the project's failure.

2. Our next model will combine _____ design with a range of new features.

3. We should design our booth in such a way that it _____ our competitors.

4. The exhibition went _____, and we managed to secure a number of new clients.

5. You should make sure you _____ my office before your meeting with Ms. Ayers.

6. I was wondering if we are still _____ this weekend, because if not, I'll make other plans.

2 請選出適合的單字或句子置入以下的電子郵件與行程表中，使其語意完整。

To: mack.e@matten.com

From: faith518@matten.com

Subject: Berlin itinerary

Hey Mack,

I've attached the itinerary for your trip to Berlin next week. You arrive on the evening of June 4th and stay in the Luxus Hotel. Over the first two days, you have some time to meet local clients __7__, and also make any last-minute preparations for the expo. __8__ You just need to bring the samples with you. Tickets for the concert, as well as maps for that and the local market are also attached to this e-mail. I've set up a voicemail on your office phone so that people know you're away __9__.

Good luck!

Faith

✈ MATTEN Business Trip Itinerary (Berlin, Germany)	
June 4	Fly from GUANGZHOU to BERLIN
June 5-6	Meet Local Clients and Prepare for Exhibition
June 7-8	Attend DMAE Electronics __10__
June 9-10	Attend Classical Music Concert & Visit Local Market

_____ 7. (A) hand-to-hand (B) eye-to-eye
(C) face-to-face (D) neck-and-neck

_____ 8. (A) Finally, you'll be able to take some time off to tour the city.
(B) The booth will already have been set up by the time you arrive.
(C) I've attached the relevant documents for your hotel reservation.
(D) The driver will be holding up a sign with your name on it.

_____ 9. (A) exit row (B) on for (C) on business (D) entrance fee

_____ 10. (A) Trade Expo (B) Tracking Number
(C) Foot Traffic (D) Exhibit Director

Part 7

Price Negotiations
談判議價

7-1 Winning Over New Clients 爭取合作機會

Track 41

Allow[1] me to suggest that we lower[2] the price for the first six months after release[3]. While the quality of our goods is our best selling point[4], we also have better prices than anyone else in the industry[5].

容我建議我們在商品推出後的半年內調降價格。雖然產品品質是我們最大的賣點，但我們也有比業界任何一家廠商更優惠的價格。

1 allow [ə`laʊ] v. 容許；准許

- **Allow me to introduce to all of you here our new CFO, Ms. Hamilton.**
  容我向在座各位介紹我們的新任財務長，漢彌頓女士。

(反義) **forbid** *v.* 禁止；不許

(衍生) **allowance** *n.* 津貼；折讓；補貼

- The government increased housing **allowance** for low-income families.

  政府為低收入家庭提高了買房津貼。

比較

allow	**允許（常用於父母、師長或長官等的許可）；使能夠／得以** 常用句型 ▶ allow + sb./sth. + to V. Gary was fined for drunk driving. Furthermore, he's not **allowed to** drive for three months. 蓋瑞因為酒駕而被罰款。此外，他有三個月的時間不得開車。 The cloud storage program **allows** Jenny **to** keep her work files at the tip of her fingers wherever she is. 雲端儲存程式讓珍妮到哪都能隨手存取工作檔案。
	讓（某人得到某事物）；給（某人某事物） 常用句型 ▶ allow + sb. + sth. The new laws will **allow** married couples more tax benefits. 新法令將讓夫妻享有更多納稅優惠。
	允許有……；考量到……；顧及…… 常用句型 ▶ allow for + sth. Airlines **allow for** a small amount of liquid to be brought with you on planes. 航空公司容許乘客帶少量的液體上飛機。 When you are planning a picnic, you should **allow for** the possibility that it might rain. 你在計畫野餐時，應該要考慮到下雨的可能性。

let	**允許；讓（某人做某事）** `常用句型` let + sb. + V. Tina wouldn't **let** her children play the violent video game. 蒂娜不允許她的小孩玩那款暴力的電玩遊戲。 If you have any trouble with the software, **let** me know and I'll send Gary to give you some pointers. 如果你使用這個軟體有任何問題，就讓我知道，我會叫蓋瑞去教你。
permit	**（根據書面告示、公告或法律等）允許；准許（某人做某事／某事發生）** `常用句型` sb. + be permitted to V. 　　　　　 sth. + be permitted No one **is permitted to** enter the restricted zone for any reason. 沒有人能以任何理由獲准進入這個禁區。 Parking will not **be permitted** in front of the building as of March 1st. 三月一日起大樓前將禁止停車。
	可作名詞，表「許可」 An HR representative will walk you through the process of securing a work **permit**. 人資代表會指導你領取工作證的流程。

② lower [`loɚ] v. 降低；使降下

- If we **lower** prices, you can bet our competitors will follow suit.
  如果我們降低價格，我們的競爭對手肯定會跟進。

(同義) **reduce** *v.* 降低
(反義) **raise** *v.* 提高
(片語) **lower one's guard** 掉以輕心；降低警戒

(說明) lower 也是形容詞 low 的比較級，表「較低的；低級的；下等的」。

• Raising the product's price may lead to **lower** sales.
提高那個產品的售價可能會導致銷量減少。

---

③ release [rɪˋlis] *n.* **發行（物）**

• **The company held back its product release to fix several technical problems.**
這家公司暫緩產品發行，以便修正一些技術上的問題。

(說明) release 亦可作動詞，同樣指「發行、推出（商品）」，且還有幾個不同的意思，一併列舉如下：

發行（電影、唱片、書籍等）；推出（商品）

• A new version of the operating system will be **released** in November.
十一月將會推出新版的作業系統。

釋放（壓力；遭囚禁、受困的人或動物）

• Doing yoga helps people relax and **release** tension.
做瑜珈有助於人們放鬆和紓解緊繃。

• The prisoner was **released** after spending two years in jail.
那名囚犯坐牢兩年後獲釋了。

釋出；散發（氣味等）

• Some snakes **release** poison when they bite.
有些蛇咬人時會釋放毒液。

• The cooked onions **released** a delicious smell.
煮過的洋蔥散發出可口的香味。

(同義) **issue** *n./v.* 發行（物）

搭配 **press release** 新聞稿

④ selling point [ˋsɛlɪŋ] [pɔɪnt] n.
賣點；（吸引顧客的）產品特色

- **The best selling point of this house is the swimming pool in the backyard.**
  這棟房子最棒的賣點就是後院有個游泳池。

(同義) **selling feature** n. 賣點
(相關) **hot seller**、**best-seller** n. 熱賣品
(相關) **best-selling** adj. 暢銷的

---

⑤ industry [ˋɪndəstrɪ] n. 行業

- **I plan on getting a job in the computer industry when I am older.**
  我計畫長大以後從事電腦業的工作。

(衍生) **industrial** adj. 工業的
(衍生) **industrialize** v.（使國家或地區）工業化
(衍生) **industrialized** adj. 工業化的
(衍生) **industrialization** n. 工業化

搭配

IT		資訊科技業
media/publishing		媒體／出版業
retail		零售業
financial	+ industry	金融業
advertising/design		廣告／設計業
sunrise		新興產業
sunset		夕陽產業

7-2 Agency Agreement
談代理權

Track
42

Thanks for taking the time to talk with me about an agency agreement[1].

感謝您抽空和我談代理協議的事。

Of course. We're always looking to[2] expand[3] our business into new markets.

當然。我們一直在找機會將公司的事業拓展至新市場。

We'll spare no effort[4] to promote the Cool Kicks product line[5] in Taiwan.

我們會竭盡全力在台灣推銷酷奇系列產品。

1 **agency agreement** [ˋedʒənsɪ] [əˋgrimənt] *n.*
代理協議

- We signed an agency agreement to bring German cars to the local market.

  我們簽了一份代理協議，要把德國汽車引進到本土市場。

職場達人小教室

agency 是「代理；代理商」的意思，相關的詞彙有 ad agency「廣告代理商」、travel agency「旅行社」與 real estate agency「房仲公司」等；而 agreement 表「協議（書）；協定」之意。agency agreement 意指規定出口企業和代理商之間權利和義務的協議。而以下是代理協商速效關係圖：

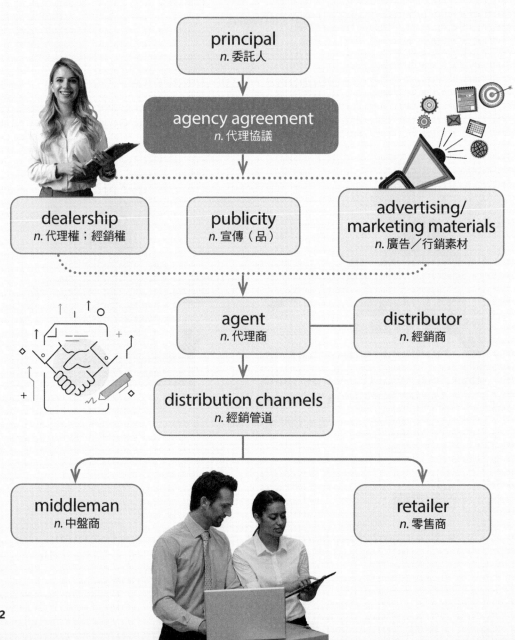

principal
n. 委託人

agency agreement
n. 代理協議

dealership
n. 代理權；經銷權

publicity
n. 宣傳（品）

advertising/
marketing materials
n. 廣告／行銷素材

agent
n. 代理商

distributor
n. 經銷商

distribution channels
n. 經銷管道

middleman
n. 中盤商

retailer
n. 零售商

② look to *phr.* 計畫要……；準備要；希望要（＋V.）

- **Our company is** looking to **open two new stores in Japan this year.**
  我們公司計畫今年要在日本開設兩個新店面。

說明 片語動詞 look to 也可表「仰賴；指望」，但此時後面要接名詞（某事物或某人）。主要句型為：

look to (sth.) + for N. ……仰賴某物提供

- **Sandy usually looks to her own romantic experiences for inspiration to write song lyrics.**
  珊蒂通常仰賴自身的戀愛經驗來獲取寫歌詞的靈感。

look to (sth.) + { for N. / to V. } 某事指望某人；寄望某人做某事

- **Arthur always looks to his teacher for help when he needs advice about his homework.**
  亞瑟課業上需要建議時總會指望老師協助。

- **Everyone in our company looks to the boss to make the important decisions.**
  我們公司的每個人都仰賴老闆做重要決定。

③ expand [ɪkˋspænd] *v.* 擴展；擴張

- **The company's business has** expanded **into Asia.**
  該公司的業務已經拓展到亞洲。

(同義) **enlarge** *v.* 擴大；放大
(反義) **shrink** *v.* 縮小；收縮
(片語) **expand one's horizons** 拓展視野；增廣見聞
(衍生) **expansion** *n.* 擴張；發展
(衍生) **expansive** *adj.* 廣闊的；擴張的
(衍生) **expandable** *adj.* 可擴展的

4 spare no effort *phr.* **盡全力做**

- **We will spare no effort to get the goods to you by Friday.**
  我們會全力以赴在星期五前將貨品備妥給您。

(同義) **make every effort** *phr.* 盡全力做
(同義) **do one's utmost** *phr.* 盡全力
(同義) **do all one can** *phr.* 做盡一切；盡其所能

(說明) 動詞 spare 主要有兩種意思，一是「使免遭受麻煩、傷害；倖免（此義常用被動表示）」，而另一個則用來描述「騰出；撥出（時間、人力等）」。spare no effort 這個片語若按照字面意思解釋，其實就是「每一分精力都不保留、都用上了」，所以是「全力以赴」的意思。

- People who lived on the mountain were **spared** the destruction of the flood.
  住在山上的人躲過了洪災。

- It's very kind of Brad to **spare** a couple of hours to fix my computer problems.
  布萊德人真好，騰出了幾個小時幫我修電腦。

- I'd really love to help assist with the event, but we don't have any staff to **spare**.
  我很想幫忙支援那個活動，但我們無法撥出任何人力。

比較

spare no effort	**盡全力做** The department of social welfare has spared no effort to help abused kids. 社會局一直致力幫助受虐孩童。
spare no expense	**不惜成本、費用** Our company spared no expense in accomplishing this project. 我們公司不惜成本完成這項企畫案。

⑤ product line [ˈprɑdəkt] [laɪn] *n.* 產品線；產品系列

- **The R&D department is strategizing with the marketing team to develop a new product line.**
  研發部門正在和行銷團隊制定策略來發展一條新的產品線。

(相關) **product differentiation** *n.* 產品差異化
(相關) **product life cycle** *n.* 產品生命週期
(相關) **product recall** *n.* 產品召回

職場達人小教室

product line 是指一群相關的產品，這類產品可能功能相似，銷售給同一顧客群，經過相同的銷售途徑，或者在同一價格範圍內。

比較

product line	**指同系列的產品，即 line of products** This line of frozen yogurt will diversify our current ice cream product line. 這條霜凍優格的產線將使我們目前冰淇淋的產品系列更多樣化。
production line	**指生產設備中的「生產線」，等於 assembly line** Just one production line has the capability of producing 8,000 units an hour. 光是一條生產線就有每小時生產八千組的產能。

7-3 Distributor Negotiations 條件協商

Track 43

As our exclusive[1] distributor[2], we're prepared to offer you our best wholesale[3] price.
你們是我們的獨家經銷商，我們打算提供你們最划算的批發價。

Can you also waive[4] the delivery fee?
你們可以一併免除運費嗎？

❶ exclusive [ɪksˋklusɪv] *adj.* **獨家的**

- Joseph's company is the exclusive dealer for Volvo cars in Taiwan.
  喬瑟夫的公司是富豪汽車在台灣的唯一代理商。

(説明) exclusive 亦可指「高級的；昂貴的」。

- Samuel lined up to get into the new, **exclusive** nightclub that had just opened.
  山繆排隊要進去那家剛開幕的高檔新夜店。

(衍生) **exclusively** *adv.* 獨有地；專門地

(衍生) **exclude** *v.* 將……排除在外；不包括……

(反義) **inclusive** *adj.* 包含的；兼容並蓄的

搭配 exclusive + {
   coverage   獨家報導
   endorsement （名人的）獨家代言
   interview   獨家專訪
}

---

2 # distributor [dɪˋstrɪbjutɚ] *n.* **經銷商**

- **Mike's company is the distributor for many American products in Japan.**
  麥克的公司是許多美國產品在日本的經銷商。

(衍生) **distribute** *v.* 分發；分配

- To promote the nightclub, the owner employed people to **distribute** leaflets all over town.
  為了促銷夜店的生意，店家雇用人們在鎮上各處分發傳單。

(衍生) **distribution** *n.* 分發；分配

- If a company experiences problems with its **distribution**, lost sales may result.
  如果一間公司遇到配銷方面的問題，可能就會導致銷量下降。

(説明) 名詞字尾 -or 常接在動詞後面，表示「做……事情的人或物」。這類單字有：

- **editor** *n.* 編輯
- **elevator** *n.* 電梯
- **generator** *n.* 發電機；促成……發生的人或事物
- **inspector** *n.* 檢查員
- **investor** *n.* 投資人
- **supervisor** *n.* 主管

職場達人小教室

distribution 是供應鏈（supply chain）中一個重要的環節。現今跨國企業對供應商（supplier）仰賴甚深，舉凡原料與零組件的供應、代工製造、產品配銷與後勤等，都是供應商的服務範圍。而上述這些服務所串連起來的流程，即統稱為「供應鏈」，一旦有個環節出錯，便會造成供應失衡，往往對企業造成極大的影響。

supply 供給
供應商協調原料的來源、取得方式及供應製造商的時程。

manufacture 製造
製造商將原料製作成為完成品。

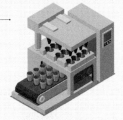

materials procurement facilities
原料廠商

manufacturer 製造商

distribution 經銷
經銷商透過進口、批發或零售業者將商品配銷給顧客。

 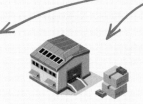

importer 進口商　　wholesaler 批發商　　jobber 中盤商　　retailer 零售商

end user / consumer
（終端）消費者

3 **wholesale** [ˈholˌsel] *adj.* **批發的**

- **My mother buys groceries from that wholesale store.**
  我媽媽都從那家量販店採購食品雜貨。

說明 wholesale 也可以當名詞用，指「批發；躉售」。

  - The average markup from **wholesale** for electronic goods is seventeen percent.
    電子產品的批發價平均漲了百分之十七。

反義 **retail** *adj./n.* 零售的；零售
衍生 **wholesaler** *n.* 批發商

搭配 　wholesale ＋ { price 批發價
　　　　　　　　　 store 量販店

職場達人小教室

在跟廠商議價時通常會用到一些關於價格的專有名詞，
現在就來看看和價格有關的實用英文有哪些吧：

- best price 最優惠價
- discount price 折扣價
- net price 淨價
- retail price 零售價
- special price 特價
- total price 總價
- unit price 單價

4 **waive** [wev] *v.* **撤銷；免除；放棄（權利）**

- **If you sign up today, all service and installation fees will be waived.**
  如果你今天登記，所有的服務費與安裝費就都免了。

衍生 **waiver** *n.* 棄權書；讓渡書

7-4 **Bargaining** 討價還價

Track 44

What kind of discount[1] can you offer if we order in bulk[2]?
如果我們大量訂購，你能提供什麼樣的折扣？

I can let you have it for 9.99 per unit[3].
我可以算你每組 9.99 元。

I was expecting you to offer a discount along the lines of[4] 20 percent.
我原本期望你能提供百分之二十左右的折扣。

1 discount [ˈdɪsˌkaʊnt] *n.* 折扣

- **With your VIP card, you get a 10% discount every time you shop here.**
  有了貴賓卡，您每次在這裡購物都可以打九折。

說明 要表達某商品「打幾折」，英文要用「百分之幾的折扣」來表達，因此若要說商家「提供九折優惠」，則可說 give/grant a ten percent discount。discount 亦可當動詞使用，表「打折」，此時發音為 [dɪs`kaʊnt]。

- Sam thought that he could get more customers in his produce store if he **discounted** all the fruits and vegetables.
  山姆認為，如果把所有蔬果都打折的話，就能為他的農產品店招徠更多客戶上門。

衍生 **discounted** *adj.* 有折扣的

搭配 **discount coupon** 折價券

搭配 **cash discount** 現金折扣

職場達人小教室

議價時很常是從折扣和運費這兩大方面來著手。學會以下好用句，下次就為自己爭取最優惠的價格吧！

- What's the best you can do?
  你能提供的最優惠價格為何？

- Are you able to offer a discount?
  你可以給個折扣嗎？

- Could you make the discount a little more attractive?
  你能提供好一點的優惠嗎？

- I was hoping you could lower the price to around (price).
  我原本希望你能把價格降到大約（價格）。

- Does this come with free delivery?
  這有免費運送嗎？

- If you can offer free delivery, I'm prepared to double my order.
  如果你提供免運，我就把訂量加倍。

② **in bulk** *phr.* **整批地；大量地**

- **The office buys paper in bulk to reduce costs.**
  辦公室會大量購買紙張以減少成本。

說明 bulk 意思是「大塊；大量」；亦可作形容詞表「大量的」。
  - You always get better deals if you make **bulk** purchases.
    大量訂購總是能拿到比較優惠的價格。

搭配 bulk + { order　　大筆訂單
                mail　　　大宗郵件
                purchase　大量訂購

③ **unit** [ˈjunɪt] *n.* **（設備、商品等的）一套；一組；一件**

- **For an order of that size, the price they want per unit is unacceptable.**
  以那樣的訂購量來說，他們想要的單價是無法被接受的。

說明 unit 除了可用來描述商品的「一件；一套」之外，也指組織或部隊等的「一組；一隊」或課程的「單元」。
  - During the battle, David's **unit** was in the thick of the fighting.
    戰爭中，大衛所屬部隊身陷激戰處。
  - The textbook comprises 12 **units** and three review tests.
    這本教科書有十二個單元和三個複習測驗。

④ **along the lines of** *phr.* **類似於……**

- **Ben plans to publish children's books along the lines of the Harry Potter series.**
  班計畫出版類似哈利波特系列小說的童書。

同義 (be) similar to *phr.* 類似

說明 line 有「路線；方法；方式」的意思，along the lines of 或 on the lines of 皆指「大約；與……類似；差不多」的意思，意近 around、approximately 等字。

7-5 Placing an Order
訂貨下單

Track
45

I'm calling to place an order[1] for your HTD74 monitors.
我來電是想訂購貴公司的 HTD74 型螢幕。

What quantity[2] do you need?
您需要的數量是？

We'll need three hundred units. And when is the earliest we can expect to receive the delivery[3]?
我們需要三百組。預計最早何時能拿到貨？

This order will be shipped to you once the down payment[4] has been received.
一旦我們收到訂金，就會出貨給您。

① **place an order** *phr.* **下訂單；訂購**

- I placed an order for two sweaters at an online clothing store.
  我向一家網路服飾店訂了兩件毛衣。

place an order 是一個常見的商業用語,指「為了取得某產品或服務而下訂單」,故後面常接 for + N.。place 作動詞時,可以表示「擺置;安排」的意思,常與某些名詞搭配使用,除了本單元中的 place an order 外,還有 place an advertisement「登廣告」、place a bet「下賭注」等。

• You can try to rent out your house by **placing an advertisement** on Craigslist.
你可以試試看在 Craigslist 上登廣告出租你的房子。

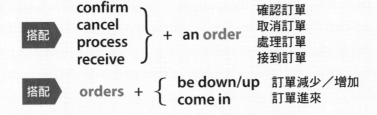

搭配 confirm / cancel / process / receive } + an order　確認訂單 / 取消訂單 / 處理訂單 / 接到訂單

搭配 orders + { be down/up / come in　訂單減少／增加 / 訂單進來

---

❷ quantity [ˈkwɑntətɪ] *n.* 數量;量

• **We have yet to be advised on the required** quantity **to be shipped.**
需要運送多少數量我們仍在等待指示。

比較

quantity	**數量;量** The buyer wants to increase the quantity of the order. 買家想要增加訂單數量。
quality	**品質、優質;特性** The company focuses on the quality of its products, not the quantity. 這家公司專注產品的品質而非產量。

③ delivery [dɪˈlɪvəri] *n.* 遞送之物；遞送

- **Can you tell me what time the delivery will arrive?**
  你可以告訴我遞送的物品什麼時候會寄到嗎？

說明 delivery 這個字除了可指「被運送的物品」之外，也可指「運送」這個動作本身，本章節 7-3 小節中的 delivery fee「運費」便是一例。

- **Billing problems at the New City branch caused delivery delays.**
  新城市分公司的帳單問題造成延遲交貨。

衍生 **deliver** *v.* 運送；投遞　　　衍生 **deliveryman** *n.* 送貨員

搭配　express ⎫
　　　home ⎭ + **delivery**　快遞
　　　　　　　　　　　　　　　宅配

搭配　**delivery installment** 分期交貨；分批運貨

....

④ down payment [daʊn] [ˈpemənt] *n.* 訂金；頭期款

- **Buyers should expect to make a down payment of up to 20 percent of the value of their new home.**
  買屋的人應預期要準備新屋總價百分之二十的頭期款。

同義 **initial installment** *n.* 頭期款

比較

	訂金；頭期款
down payment	In the long run, we should be able to save enough for a **down payment** on a house. 長遠來看，我們應該能存夠頭期款買棟房子。
	分期付款
installment payment	The supplier has agreed to let us make the big purchase in **installment payments**. 供應商已經同意這筆巨額採購可以讓我們分期付款。

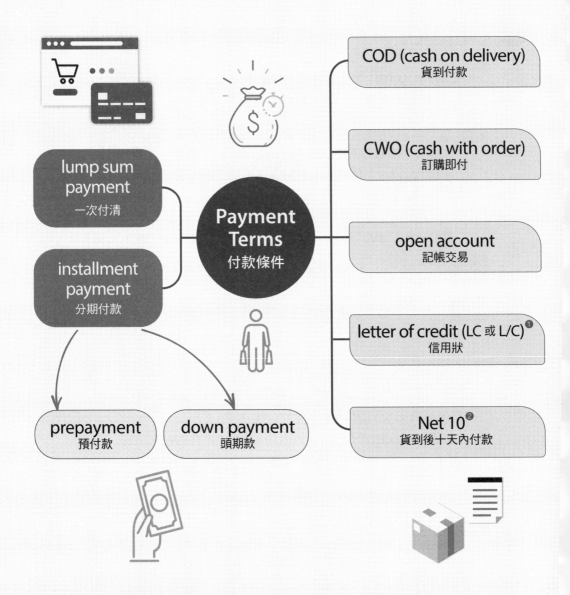

Payment Terms
付款條件

lump sum payment
一次付清

installment payment
分期付款

prepayment
預付款

down payment
頭期款

COD (cash on delivery)
貨到付款

CWO (cash with order)
訂購即付

open account
記帳交易

letter of credit (LC 或 L/C)❶
信用狀

Net 10❷
貨到後十天內付款

❶ 銀行發給其他銀行的證書，該證書授權第三方（如賣方）照指定的數額收取其款項，乃國際間重要的付款方式之一。此外，信用狀的「開立銀行」可稱為 issuing bank of letter of credit。

❷ 「Net + 天數」指的是買方必須在「貨到後……天內付款」給賣方，在發票及出貨單上常以「n/ 天數」表示。其他常見的付款方式天數還有 Net 30、Net 60 以及 Net 90。

Give It a Try

1　請選出適合的單字或片語置入以下的手機簡訊中，使其語意完整。
必要時請作適當變化。

along the lines of	in bulk	release
selling point	spare no effort	unit

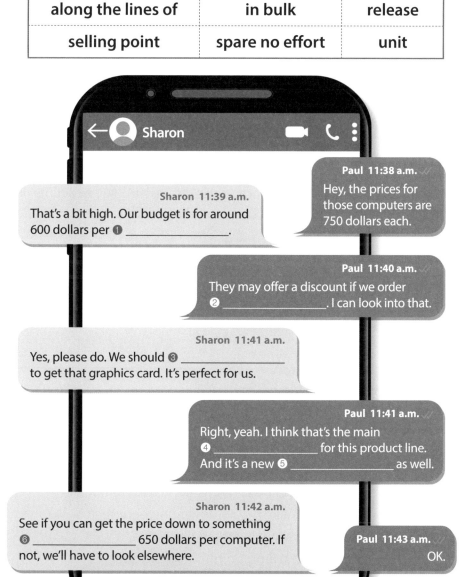

Sharon

Paul 11:38 a.m.
Hey, the prices for those computers are 750 dollars each.

Sharon 11:39 a.m.
That's a bit high. Our budget is for around 600 dollars per ❶ _____.

Paul 11:40 a.m.
They may offer a discount if we order ❷ _____. I can look into that.

Sharon 11:41 a.m.
Yes, please do. We should ❸ _____ to get that graphics card. It's perfect for us.

Paul 11:41 a.m.
Right, yeah. I think that's the main ❹ _____ for this product line. And it's a new ❺ _____ as well.

Sharon 11:42 a.m.
See if you can get the price down to something ❻ _____ 650 dollars per computer. If not, we'll have to look elsewhere.

Paul 11:43 a.m.
OK.

2 請選出適合的單字或句子置入以下的電子郵件中，使其語意完整。

— ⤢ ✕

To: edsmith@uit.com

From: c.buckingham25@dna.com

Subject: Sample and Quote Follow-Up

Dear Mr. Smith,

Following inspection of the samples and the recent quote, I have discussed everything with my partners and we have a few thoughts.

We do not foresee too many complications moving forward, so we would be willing to sign a two-year contract instead of one-year. However, in choosing this option we request that you __❼__ the price slightly. Instead of a 5% __❽__, we ask for 7%. We believe this is a good price for the reason given. Additionally, as both the industry and our company are expanding rapidly, the chances are high that orders will increase in __❾__ over time. In short, we will be doing significant business with you for at least two years. __❿__ We're happy to cover that.

Please let me know if this is OK. If so, we can sign the contract and place the first order.

Regards,

Caroline Buckingham

_____ 7.   (A) deliver   (B) lower   (C) look to   (D) allow to

_____ 8.   (A) release   (B) unit   (C) wholesale   (D) discount

_____ 9.   (A) quantity   (B) industry   (C) delivery   (D) distributor

_____ 10. (A) The new product line is not listed in the catalog.
            (B) We ask you to make a 20% down payment first.
            (C) You don't need to waive the delivery fee.
            (D) This is a unique selling point of the product.

Part 8

Mapping out the Future
企業發展

8-1 **Company Vision**
公司願景

 Track 46

Our growth vision[1] includes opening ten new chain stores[2] each year worldwide[3]. Our top-notch[4] team of specialists[5] works around the clock[6] to ensure[7] customer satisfaction.

我們的成長願景包括每年在全球開設十家新的連鎖店。我們頂尖的專家團隊日以繼夜地努力來確保顧客滿意度。

① vision [ˋvɪʒən] *n.* 想像；遠見

- Marcus has a great vision for his company, but it will be difficult to make it happen.

  馬可斯對他公司有偉大的遠見，但要讓它實現將有困難。

衍生 **visionary** *adj.* 具有遠見的
衍生 **envision** *v.* 想像；展望

說明 vision 亦可指「視力」。

- Laser surgery is meant to help those with poor eyesight regain their **vision**.
  雷射手術的用意在於幫助視力差的人恢復視力。

2 chain store [tʃen] [stor] *n.* **連鎖商店**

- **That item is sold in several** chain stores.
  那個產品多家連鎖商店都有販售。

chain store *n.* 連鎖店

outlet *n.* 暢貨中心

Stores 商店

concept store *n.* 概念店

pop-up store *n.* 快閃店

flagship store *n.* 旗艦店

③ **worldwide** [ˋwɝldˋwaɪd] *adv.* **遍及全球地**

- **Apple products make up a significant percentage of computer sales worldwide.**
  蘋果的產品在全球各地的電腦銷售中占了顯著的百分比。

(同義) **all around the globe** *phr.* 在全球各地
(同義) **all over the world** *phr.* 全世界

(說明) worldwide 亦可作形容詞，指「遍及全球的」。

- **Ford Inc. is a worldwide distributor of mechanical parts.**
  福德公司是一間機械零件的全球經銷商。

wide 這個字作形容詞或副詞時，表示「廣大的（地）；寬闊的（地）」，可跟其他字結合成複合字。例如：
- **nationwide** *adj./adv.* 全國的（地）
- **widespread** *adj.* 廣布的

---

④ **top-notch** [ˋtɑpˋnɑtʃ] *adj.* **第一流的**

- **Our manager agreed that we did a top-notch job at the conference and is taking us to a fancy dinner.**
  經理同意我們在會議上表現得很好，所以要帶我們去吃大餐。

> 常用來描述家電或電子產品。

(同義) **top-of-the-line、state-of-the-art** *adj.* 高檔的；高級的
(反義) **run-of-the-mill** *adj.* 普通的

(說明) 名詞 notch 原指「鑿痕；刻痕」，也可指「等級」之意。片語 kick sth. up a notch 指的便是「提高層級；提升水準」。

- **The cook likes to kick his dishes up a notch by making them very spicy.**
  這名廚師喜歡藉由讓菜色非常辛辣來增添風味。

notch 亦可作動詞，指「刻凹痕；達成、獲得（勝利等）」，經常用 notch (up) 來描述創下輝煌的業績，如：

- The company **notched** $300 million in sales last year.
  那家公司去年達成了三億的銷售額。

- Sara **notched up** five major deals with prominent clients this year.
  莎拉在今年拿下了五個和重要客戶的大型交易案。

⑤ specialist [ˈspɛʃəlɪst] n. 專家

- **The company is looking for an experienced marketing** specialist.
  這間公司正在尋找一名經驗豐富的行銷專家。

(反義) **amateur** n. 業餘從事者；愛好者
(衍生) **specialize** v. 專攻；專門從事

(說明) 字尾 -ist 可指「從事、專精（某事）者」或「遵循（某思想）者」，例如：
  - **biologist** n. 生物學家
  - **consumerist** n. 消費主義者
  - **journalist** n. 新聞記者
  - **therapist** n. 治療師

⑥ around the clock phr. 日以繼夜地工作

- **I've been working** around the clock **to meet this deadline.**
  我日以繼夜地努力要趕上截止期限。

(說明) 以「繞著時鐘」的字面意義引申指「日以繼夜地」，加上連字號就成了形容詞 around-the-clock。

(相關) **against the clock** phr. 分秒必爭地

- It's a race **against the clock** to finish the designs ahead of the presentation.
  要在發表簡報之前完成設計真的得和時間賽跑。

7 ensure [ɪn`ʃʊr] v. 確保；擔保

- **Alley was confident that her performance would ensure her promotion.**
  艾莉有信心自己的表現保證能讓她獲得升遷。

比較

	確保（某事會恰當地發生） 常用句型 ensure + N. / that 子句 （接子句時可用 make sure 代換）
ensure	Strict airport security has been put in place to ensure the safety of travelers. 嚴格的機場安檢已就緒以便確保旅客的安全。 I'll ensure (= make sure) that all materials arrive in a timely manner. 我會確保所有材料都能如期抵達。
	（向某人）保證（某事會發生） 常用句型 assure + sb. + that 子句
assure	I assure you that our market share will double by the end of Q4. 我跟你保證我們的市占率到了第四季季末一定會翻倍。

8-2 Trusted Brand
品牌信譽

Track
47

> We are esteemed[1] for our honesty[2] and integrity[3]. We hope to become the most well-respected[4] brand in 3C products.
>
> 我們因誠信而備受敬重。我們期望能成為 3C 產品最受推崇的品牌。

1 esteem [ɪˋstim] v.
尊重；尊敬（對話中以過去分詞作形容詞）

- The speaker began his speech by thanking his esteemed colleagues.

  講者以感謝他可敬的同事作為演說開頭。

esteem 亦可作名詞，指「尊重；尊敬」，常用片語 be held in high esteem 來描述某人「備受敬重」。

- Mr. Johnson is a businessman who **is held in high esteem** in his community.

  強森先生是個在其領域備受敬重的商人。

衍生 **self-esteem** *n.* 自尊；自尊心

---

② honesty [ˋɑnɪstɪ] *n.* **誠實**

- **Denise thinks honesty is very important in business.**

  德妮絲認為做生意誠信很重要。

衍生 **honest** *adj.* 誠實的
衍生 **dishonest** *adj.* 不誠實的

職場達人小教室

做生意最講求誠信。近年來新聞中不時可見有些企業、商家為求圖利而欺瞞消費者，包括用次級品魚目混珠、以不實廣告誇大產品成效，或甚至竄改商品保存期限、使用過期原料等，這些人們口中的不肖商人，英文就可稱作 dishonest businessmen/vendors。要描述商人或企業「很黑心；很無良」，還可以利用以下這些形容詞：

dodgy *adj.* 狡猾閃躲的；不光明磊落的

crooked *adj.* 不正直的

unethical *adj.* 不道德的

③ integrity [ɪnˋtɛɡrətɪ] *n.* 正直；廉正；誠實

- **People really respect Tina because she has a lot of integrity.**

  人們非常尊重蒂娜，因為她很正直。

(說明) integrity 也可指「完整性」。

- To the sailor's relief, the ship's **integrity** held when it hit the reef.

  讓那名船員感到放心的是，船觸礁的時候依然維持了它的完整性。

④ well-respected [ˋwɛlˏrɪˋspɛktɪd] *adj.* 備受敬重的

- **This is a well-respected company because of its commitment to quality.**

  這間公司因致力於確保品質而備受敬重。

(衍生) **respect** *v./n.* 尊敬；敬重

(說明) well 常以連字號與過去分詞結合，形成另一個形容詞，且多帶有「相當地；完好地」等正面的意思。這類單字最常見的莫過於 well-known「眾所週知的；有名的」，其他例子還有：

- **well-chosen** *adj.* 精選的
- **well-established** *adj.* 信譽卓著的
- **well-informed** *adj.* 見多識廣的

8-3 Expansion Plans
拓展計畫

Track 48

We're aiming[1] to branch out[2] into the northwest market. We're also considering opening up[3] new branch offices[4] in Europe.

我們的目標是打入西北區的市場。我們也在考慮於歐洲開設新的分公司。

① aim [em] v. 致力；意欲

- Betty aims to be the best designer in her department.
  貝蒂的目標是成為她部門中最棒的設計師。

說明 aim 亦可作名詞，指「目標；目的」。

• The **aim** of the class is to teach you how to save money.
這堂課的目的是教你如何省錢。

比較

aim	• 原指射擊的標靶，常用來表示精準、具體明確或單一的目標。 • 可作名詞或動詞。動詞常見用法為 aim + at N. 指「瞄準／針對某目標」，以及 aim + to V.「致力於某事」。 The ultimate **aim** for our company this year is to achieve steady growth. 我們公司今年的最終目標是達到穩定的成長。 The soldier **aimed** his gun at the target. 那名士兵用槍瞄準目標。 At this company, we always **aim** to please our customers. 本公司全體同仁總是致力於讓客戶滿意。
goal	• 常指經過考慮或選擇，需要努力奮鬥才能達到的最終目標。 • 只能作名詞。 Faye wrote a business plan which set out the **goals** of her new company. 菲寫了一份創業企畫書，詳述她新公司的目標。
target	• 原指射擊的靶或軍事攻擊目標。常指被攻擊或對準鎖定的目標。 • 可作名詞或動詞。動詞指「鎖定……為目標」。 With the workers out to lunch, the office was a perfect **target** for thieves. 員工們出去吃午餐時，辦公室成了竊賊們的最佳下手目標。 This CCTV system is the latest innovation **targeted** at security-conscious homeowners. 這套最新型閉路電視監控系統主要的銷售對象是注重安全的住戶。

② **branch out** *phr.* 拓展（經營範圍或活動）

- **Our book company is thinking of** branching out **and starting a TV show.**

  我們的圖書公司正考慮拓展業務，開辦電視節目。

説明 以 branch「樹枝；分支」的意象形容「另闢天地；拓展領域」，引申指「嘗試新的、不同的範疇」。要表示「擴大經營範圍到某事物；涉足某個新領域」，branched out 後面常接 into + N./V-ing。

- **The bank has now branched out into selling insurance.**

  那間銀行現在擴充業務，賣起了保險。

職場達人小教室

概略地說，企業欲擴大事業版圖時，常從以下這三大方向著手：

合併
- takeover *n.* 收購
- buyout *n.*（產權）全部買下

拓展
- branch out *phr.* 擴張
- diversify *v.* 多角化經營

合作
- partnership *n.* 合作關係
- tie-up *n.*（兩公司的）合作

---

③ **open up** *phr.* 開設；開張

- **Paul wants to set out on his own and** open up **an Italian restaurant.**

  保羅想要自行創業，開設一家義大利餐廳。

同義 **set up** *phr.* 建立；開創

說明 open up 除了指店鋪的「開張；開設」之外，還有以下幾種不同的用法：

（機會、可能性等）開啟；出現

- The economic policy needed to be changed so that more jobs would **open up** for people in the country.
  經濟政策需要改變，這樣才能為國民創造更多的工作機會。

- Learning a second language **opens up** many opportunities for students.
  學會第二語言可以為學生開啟許多機會。

（某人）卸下心防；敞開心胸暢談

- Maria finally **opened up** to me and told me about the problems she has been dealing with.
  瑪麗亞終於對我卸下心防，告訴我她現在正在處理的問題。

（封鎖的道路、區域等）開放；開啟

- Travel in the region finally **opened up** after being tightly controlled during covid-19.
  此區域的旅遊在新冠肺炎流行期間嚴加管控後，終於對外開放了。

---

4 **branch office** [bræntʃ] [ˋɔfɪs] *n.* **分公司**

- **Our company will set up a** branch office **in Bigberg.**
  我們公司將在彼格堡設立分公司。

反義 **headquarters** *n.* 總公司；總部（拼法恆為複數形，單複數同形）

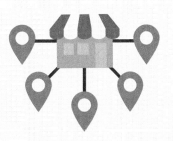

8-4 Merger Plans 企業併購

Track 49

The higher-ups[1] issued[2] a memo[3] saying the merger[4] should be finalized[5] in a couple of months.

高層發出備忘錄，表示合併案在幾個月內應該就會底定了。

Will it affect[6] us? I've heard of layoffs[7] happening after takeovers[8].

那會對我們造成影響嗎？我聽說收購後就會裁員。

On a positive note[9], a merger can be the integration[10] of upstream[11] and downstream[12] companies.

往好的一面看，合併可以是上下游公司的整合。

❶ higher-up [ˋhaɪɚˏʌp] *n.* 上級；高層

- I get nervous when I have a meeting with the higher-ups.

  與高層會面時，我會感到緊張。

説明 只要記得字面上「高高在上」的意思，就不難記住這個字的意思囉。其他
表企業或組織等管理高層的詞彙還有：

- **(top/senior) management** 高階／資深主管
- **(top/senior) executives** 高階／資深主管
- **top brass** 高層；高級軍官（brass 原指高級軍官所配戴的銅質階標）
- **C-level** 高層（C 指職位以 chief 開頭的高階主管，包括 CEO、COO、
  CFO 等）

② issue [ˈɪʃju] v. 發給；核發

- **Ralph's office** issued **him a new notebook computer.**
  勞夫的辦公室發給他一台新的筆記型電腦。

説明 issue 作動詞時亦指「發表；發布」。亦可作名詞，指「議題；問題」。

- The drug company **issued** a warning for one of its drugs.
  那個藥廠對所生產的一種藥品發布警告。

- At the meeting, the businessmen discussed a range of
  different **issues**.
  在會議上，商人們討論了一連串不同的問題。

③ memo [ˈmɛmo] n. 備忘錄；附註

- **The boss sends out interoffice** memos **via e-mail after
  every meeting.**
  老闆在每次會議過後會透過電子郵件發送內部備忘錄。

説明 memo 除了指「備忘錄」，也有「通知」的意思。正式的用字為
memorandum [ˌmɛməˈrændəm]。memorandum of understanding
(MOU) 即所謂的「合作備忘錄」，為兩國或兩公司
於達成共識之後、草擬合約之前，所擬訂的協議。
雖不具完整的法律效力，但仍具約束作用。

④ merger [ˈmɝdʒɚ] *n.* **（公司等的）合併**

- **The two companies decided to complete the merger.**
  這兩家公司決定完成合併。

職場達人小教室

商業上的合併指的是兩家公司結合，合而為一的意思。通常，兩造雙方會以股票交換（stock swap）或是現金交易（cash payment）方式以期掌控彼此的運作經營。合併也可能是大公司接管（take over）小公司，結果通常會產生新的公司或是新的品牌名稱。商業合併可分為以下四種類型：

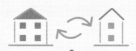

1 **Horizontal mergers**
平行合併
同一產業，兩家生產同性質產品的公司進行合併。

2 **Vertical mergers**
縱向合併
同一產業內不同生產工序（stage）的廠商進行合併。

3 **Congeneric mergers**
同源式合併
同一產業，兩家業務性質不大一樣且沒有業務往來的公司之合併。

4 **Conglomerate mergers**
複合式合併
兩家處於不同產業的公司進行合併。

⑤ finalize [ˈfaɪnəˌlaɪz] *v.* **完成；定案**

- **Bret finalized the report and sent it to his manager.**
  布萊特把報告定稿後寄給主管。

說明 本字由形容詞 final 加上字尾 -ize 而來。-ize 為動詞字尾，常接在名詞或形容詞之後，表示「使……」。例如：

- **apologize** *v.* 道歉
- **memorize** *v.* 熟記；背誦
- **specialize** *v.* 使專門化；專攻
- **energize** *v.* 使充滿活力
- **maximize** *v.* 使最大化；使最重要

6 affect [əˋfɛkt] v. 影響

- **The change at work did not affect my job duties, but it did change my work hours.**
  工作上的變動並沒有影響我的工作職責，但它確實影響了我的工作時間。

比較

affect v.	• 只能作動詞 • （強調直接會造成改變的）影響 • 影響（某人的情緒）；使感動 • （對身體造成不良的）影響；（疾病）侵襲
	The project has been heavily affected by rising construction costs. 這個案子已受到建築費用不斷上漲的嚴重影響。
	Josh was deeply affected by the death of his grandfather. 喬許深受他祖父去世的影響。
	Mindy's depression is affecting her eating and sleeping habits. 明蒂的憂鬱症影響了她的飲食與睡眠習慣。
effect n./v.	• 可作名詞或動詞，但名詞用法較為常見 • （指某個原因產生的）效果；影響；結果 • 使發生；實現；完成
	The experiment demonstrates the effects of not getting enough sleep. 這項實驗顯示睡眠不足的影響。
	To effect major changes in society is never an easy task. 要實現重大的社會改變從來不是件簡單的事。

influence *v./n.*	• 可作名詞或動詞 • （無形中對某事物的情況加以）影響 • （對某人的思想、行為產生潛移默化的）影響 The data suggests that this YouTuber's **influence** over consumers rivals that of our advertisements. 資料顯示那名網紅對消費者的影響與我們的廣告產生的影響不相上下。 Western ideas and culture have been **influenced** by Greek philosophy. 西方思想與文化受到希臘哲學的影響。 Professor Arnold had a far-reaching **influence** on the careers of many entrepreneurs. 阿諾教授對許多企業領導人的職業生涯具有深遠的影響。

❼ layoff [ˋle͵ɔf] *n.* 裁員

- **Most companies will only resort to layoffs if everything else has been tried.**

  大部分的公司只有在嘗試過所有方法之後，才會訴諸裁員一途。

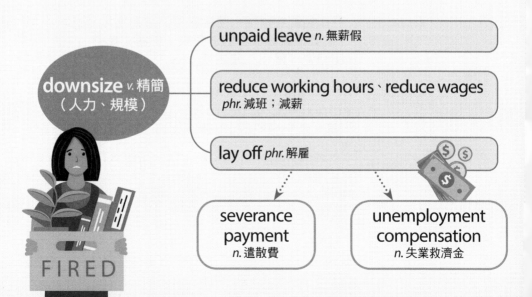

downsize *v.* 精簡
（人力、規模）

- unpaid leave *n.* 無薪假
- reduce working hours、reduce wages *phr.* 減班；減薪
- lay off *phr.* 解雇
  - severance payment *n.* 遣散費
  - unemployment compensation *n.* 失業救濟金

職場達人小教室

要表達「炒某人魷魚」，除了說 lay (sb.) off 之外，也可以說 fire (sb.) 或 dismiss (sb.)，但要注意 lay off 與 fire 在意義上有些微不同。lay off 一般是指因公司縮小編制（downsize）、營運不良等因素，而被「裁撤」；而 fire 則指因犯了重大過失、損及公司利益等而遭「解雇」。以下再列舉幾個關於解雇的常見口語用法：

give (sb.) the ax / get the ax

此片語字面意思為「拿到斧頭」，實際上指「被斧頭砍了」，引申為「遭到解雇」。

• You should pay attention at work, or you might **get the ax**.
　你得專心工作，否則可能會被炒魷魚。

give (sb.) the sack / get the sack

sack 原來是指從前工匠裝工具的袋子，所以當某人 get the sack「拿到工具袋」時，意思就是要某人「捲鋪蓋走路」。sack 也可以作動詞用。

• Ben criticized his boss and he **got the sack**.
　班批評他的老闆，然後被開除了。

• Jane was **sacked** from her job after being late too many times.
　珍由於遲到太多次而被解雇。

give (sb.) the pink slip / get the pink slip

此語源自美國二十世紀初，老闆若要解聘員工，會在放薪資的信封裡夾帶一張用粉紅紙條（pink slip）寫的解雇通知，發給不獲續聘的員工。即便現在的解雇通知不一定是粉紅色的，但 pink slip 已成為解雇通知書的同義詞了。

• The workers worried about their jobs after hearing that **pink slips** would be **given** out on Friday.
　聽說禮拜五會發解雇通知，員工們都擔心自己的工作會不保。

give (sb.) their walking papers / get one's walking papers

walking papers 是指書面的解聘文件，要人「走路」也就是「解雇」他人的意思，也可以改用 walking ticket。

• After doing a bad job on several projects, Brett was **given his walking papers**.
　布萊特在好幾個專案的表現都很差勁，於是他就被炒魷魚了。

8 takeover [ˋtekˏovɚ] *n.* 收購；接管

- **The board of directors rejected the hostile** takeover **bid by its competitor.**

董事會拒絕競爭對手的惡意收購。

搭配 ▶ hostile
reverse } + **takeover** 惡意收購
反向收購（市值較小的公司接收大公司）

職場達人小教室

hostile takeover「惡意收購」（或稱敵意收購）」指企業在併購其他企業的過程中，並非經由雙方同意或簽署合法契約而進行的合併，而是強行增加持股取得控制權甚至合併整合為一家公司的收購行為。

收購者可以在公開市場上收購標的公司股票進行圍堵，之後使其以不得不接受的苛刻條件將企業出售，或直接向公司董事會提出收購計畫與收購股東委託書（proxy），藉此取得足夠的持股比率移轉經營權，以達收購目的。收購者一旦買到過半或其他必要比率的股票，不論標的公司是否同意，即可以新董事取代公司原董事，再由董事會投票，同意收購。

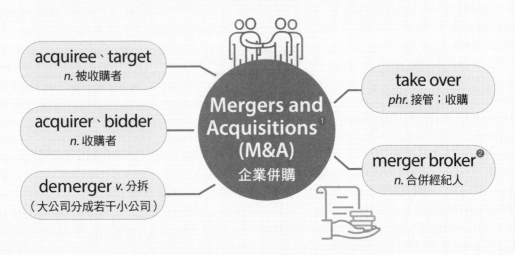

acquiree、target *n.* 被收購者

acquirer、bidder *n.* 收購者

demerger *v.* 分拆（大公司分成若干小公司）

Mergers and Acquisitions[1] (M&A) 企業併購

take over *phr.* 接管；收購

merger broker[2] *n.* 合併經紀人

❶ 合併（merger）時，兩家公司會將各自的營運與管理做整合，而收購（acquisition）則是一家公司將另一家買下。

❷ 在可能成為合作夥伴的公司之間扮演中間人的角色，並安排合併事宜的個人或組織。

⑨ on a positive note *phr.* **往好的一面看**

- **The client didn't accept our offer but, on a positive note, they've expressed an interest in some of our other services.**
  那個客戶沒有接受我們的報價，但往好的一面看，他們對我們的一些其他服務表現出興趣。

(同義) **on the bright side** *phr.* 往好處想

(說明) note 本意為「音符」，亦可表「註解」或「口吻；語調」等。英文中有幾個寫作 on a . . . note 的片語，依搭配的形容詞不同而可表達不同的意義，例如 on a high note 中的 high note 指「欣喜、樂觀的高音調」，故此片語表示「正面地；順利地」之意；而 sour note 字面上是「不悅耳、不和諧的音符」，故 on a sour note 表示「不順利地；不愉快地」。

- **The manager ended the meeting on a high note by announcing annual bonuses for all employees.**
  經理以宣布全體員工的年終獎金替會議做了精彩的結尾。

- **The day began on a sour note when the boss said that the deadline had been brought forward.**
  當老闆一大早說截止期限被提前了，那天便有了一個悲慘的開始。

- **The movie ends on a happy note when the hero survives a terrible accident.**
  當男主角劫後餘生，那部電影便迎向了快樂的結局。

⑩ integration [ˌɪntəˈɡreʃən] *n.* **整合**

- **Vertical integration has made many companies more fluid in their operations.**
  垂直整合使許多公司的運作更加靈活。

(衍生) **integrate** *v.* 使結合；使合併

⑪ upstream ［ˋʌpˋstrim］ *adj./adv.* 在上游的（地）

- **The buyers had communication problems with their upstream suppliers.**
  這些買家與上游的供應商有溝通不良的問題。

⑫ downstream ［ˋdaʊnˋstrim］ *adj./adv.* 在下游的（地）

- **Downstream product flow improved with the addition of a new trade agency.**
  下游的產品流程隨著一家貿易代理商的新增而有所改善。

8-5 Revenue Target
營收目標

Track
50

> We're projecting[1] that this year's revenue[2] will increase by 12 percent from 2020 actuals[3]. We're expecting to bring in[4] US$25.50 million in revenue this year.
>
> 我們預估今年的營收會比二〇二〇年的實際營收增加 12%。我們預期今年會帶來兩千五百五十萬美元的營收。

① project [prə`dʒɛkt] v. 預估；預測

- **The company's accountants project a net loss for the fiscal year.**

  該公司的會計預估本財政年度會有淨虧損。

(同義) **predict、estimate** v. 預估；預計

project 作動詞時亦指「投射；投影」；作名詞時則為「專案；企畫；計畫」，念作 [ˈprɑdʒɛkt]。

- The boss **projected** several slides on the screen for the staff to see.
  老闆在屏幕上投影好幾張投影片給員工看。
- The city has approved the **project** to build a new subway line.
  這座城市已同意一項新地鐵線的興建計畫。

衍生 **projection** *n.* 預測；推測；推估
衍生 **projector** *n.* 放映機；投影機

2 revenue [ˈrɛvəˌnju] *n.* 收入；營收

- **Revenues for the company were down 15 percent in the second quarter.**
  該公司第二季的收入下降了 15%。

搭配 **annual revenue** 年營收；歲收

説明 以下列舉幾個與 revenue 有關的常見財經詞彙：

revenue stream 營收來源	公司在一段時間內從事特定活動所獲得的收入，具波動性（volatility）、可預測性（predictability）和風險（risk）等特質。
recurring revenue 經常性收入	企業在連續性的期間，因生產商品或提供勞務所獲得的資產或清償的債務。
consolidated revenue 合併營收	所有子公司營收的加總。
gross revenue 總收入	指一特定時間內，公司因商業活動所獲得之收入，且尚未扣除任何成本和費用，又稱「營業收入」或「營收」。

職場達人小教室

revenue 是財務報表中一定會涵蓋的項目，而財務報表要呈現的基本概念，就是用營收這個最大的數字（扣除銷售成本與全部營業費用之前的收入），逐一扣除各項管理成本、相關費用及稅金後，計算出最後的獲利淨額。因此在財務報表當中，revenue 常被寫在第一行，故也稱為 top line；相對地最下方的 net income「淨利」就被稱為 bottom line 了。以下是基本的報表概念示意圖：

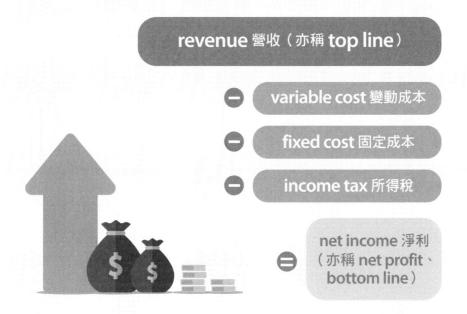

revenue 營收（亦稱 top line）

➖ variable cost 變動成本

➖ fixed cost 固定成本

➖ income tax 所得稅

🟰 net income 淨利
（亦稱 net profit、
bottom line）

③ actuals [ˋæktʃʊəlz] *n.* 實際營收

- **We need to compare budgeted amounts with actuals to better understand how efficiently we are executing plans.**
  我們需要比較預算的金額與實際營收，以便更了解我們執行計畫的成效如何。

說明 actuals 在此即 actual revenue 之意。actual 常作形容詞用，指「真正的；實際的」。

- We don't know the **actual** number of people who went to the meeting.
  我們不知道出席會議的實際人數。

❹ bring in *phr.* 產生（利潤、收入等）

- **Ed brings in an extra $5,000 per month from his side business.**
  艾德的副業讓他每個月多進帳五千元。

説明 bring in 亦可指「引入；引進 」。

- The company **brought in** a corporate trainer to improve management skill.
  公司引進了企業培訓師來提高管理技能。

同義 **take in**、**pull in**、**earn** *v.* 賺進

Give It a Try

1 請選出適合的單字或片語置入以下的句子中，使其語意完整。必要時請作適當變化。

aim	around the clock	chain store
ensure	layoff	top-notch

1. With so many customers complaining, the technical support team worked _____ to fix the network problems.

2. Our company _____ to increase profit by at least two million dollars in the next quarter.

3. The popular _____ has shops in over 100 locations across the country.

4. The boss promised staff members that there wouldn't be any _____ with the new merger.

5. The food quality and service at this restaurant was _____, so we'll definitely come back.

6. The supplier _____ that the product doesn't break by packing it very carefully.

BIZ NEWS

WorkForce has agreed to buy workplace messaging app Direct Live for $18.4bn in what would be one of the biggest tech mergers of recent times.

Sally Reindorf, CEO of the business software giant, WorkForce, said that the deal "fits perfectly into our ❼ ". She has been looking to expand the company's range of software products in order to compete with rivals DigiLux and Tech Pop. The ❽ comes as the world begins to move closer to remote work tools, such as Direct Live, which make it possible. Direct Live ❾ $400 million in annual revenue, although it has not yet made a profit, losing $6 million last year. WorkForce does not see this as a problem, though, choosing instead to focus on the potential that the company has to revolutionize the future of workplace communication. Tech analyst Khalid Khan of Utamu Securities called it a "risk worth taking" for Mrs. Reindorf.

The deal still needs to be reviewed by WorkForce's shareholders. ❿

_____ 7. (A) honesty   (B) vision   (C) outlet   (D) specialist

_____ 8. (A) takeover   (B) integrity   (C) headquarters   (D) memo

_____ 9. (A) sets up   (B) opens up   (C) brings in   (D) branches out

_____ 10. (A) We must ensure that the shareholders are paid before the deadline.

   (B) Worldwide sales have exceeded ten million dollars for the first time.

   (C) Following this, it is expected to be finalized within the next few months.

   (D) Utamu Securities is already planning further takeovers for the future.

＼ NOTES ／

Part 1 新工作上路

1. password
2. undergo
3. working alongside
4. feel free
5. sales representative
6. photocopier
7. (D)
8. (C)
9. (B)
10. (C)

Part 2 辦公室英語

1. available
2. come up
3. on behalf of
4. urgent
5. inform
6. Keep me posted
7. (D)
8. (C)
9. (A)
10. (D)

Part 3 開會與簡報

1. hung up
2. reviews/reviewed
3. move on to
4. diagrams
5. budget
6. interrupt
7. (B)
8. (A)
9. (D)
10. (C)

Part 4 行銷與企劃

1. gearing up
2. range
3. demonstrate
4. features
5. going on the market
6. excitement
7. (D)
8. (C)
9. (A)
10. (C)

Part 5 客戶往來

1. don't mind
2. satisfaction
3. at the moment
4. have a seat
5. mutual
6. extend
7. (D)
8. (A)
9. (B)
10. (A)

Part 6 出差與商展

1. combination
2. innovative
3. sets us apart from
4. perfectly
5. stop by
6. on for
7. (C)
8. (B)
9. (C)
10. (A)

Part 7 談判議價

1. unit
2. in bulk
3. spare no effort
4. selling point
5. release
6. along the lines of
7. (B)
8. (D)
9. (A)
10. (C)

Part 8 企業發展

1. around the clock
2. aims
3. chain store
4. layoffs
5. top-notch
6. ensures
7. (B)
8. (A)
9. (C)
10. (C)

解答

INDEX

索引

M

N

O

P

索引

V

W

索引

出版品預行編目 (CIP) 資料

和全球做生意 商務職場必備詞彙+實用句 /
陳豫弘總編輯.

-- 初版. -- 臺北市 : 希伯崙股份有限公司, 2021.01

面;　公分

ISBN 978-986-441-423-9 (平裝)

1. 商業英文　2. 會話

805.188　　　　　　　　　　　　109021553

《和全球做生意 商務職場必備詞彙＋實用句》讀者回函卡

謝謝您購買本書，請您填寫回函卡，提供您的寶貴建議。如果您願意收到 LiveABC 最新的出版資訊，請留下您的 e-mail，我們將寄送 e-DM 給您。

歡迎加入 LiveABC 互動英語粉絲團，天天互動學英語。請上 FB 搜尋「LiveABC 互動英語」，或是掃描 QR code。

姓名		性別	□ 男　□ 女
出生日期	年　　月　　日	聯絡電話	

E-mail

□ 我願意收到 LiveABC 出版資訊的 e-DM

學歷	□ 國中以下　□ 國中　□ 高中 □ 大專及大學　□ 研究所
職業	□ 學生　□ 資訊業　□ 工　□ 商 □ 服務業　□ 軍警公教　□ 自由業及專業 □ 其他

您以何種方式購得此書？

□ 書店　□ 網路　□ 其他

您覺得本書的價格？

□ 偏低　□ 合理　□ 偏高

您對本書的評價

	書名	封面	內容	編排	紙張
很滿意	□	□	□	□	□
還不錯	□	□	□	□	□
普通	□	□	□	□	□
不滿意	□	□	□	□	□
很後悔	□	□	□	□	□

您希望我們製作哪些學習主題？

您對我們的建議：

縣 市

市 區
鄉 鎮

村 路
里 街

段

鄰 巷

手

號

樓

室

希伯崙股份有限公司客戶服務部 收

105

台北市松山區八德路三段32號12樓

英語數位學習第一品牌